Raoul Bouillerot

E. BERNARD, IMPRIMEUR-ÉDITEUR, PARIS

Petite Collection E. BERNARD

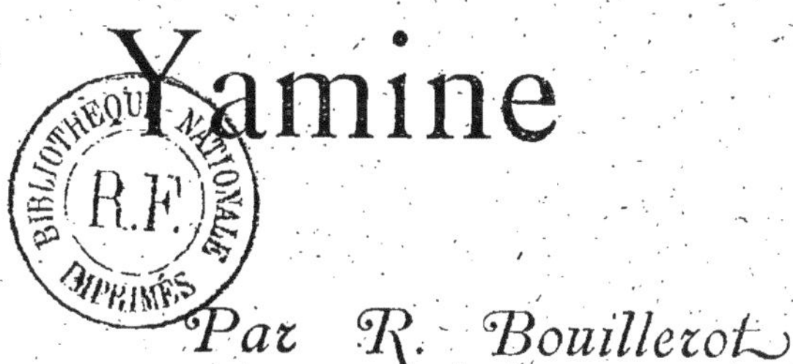

Yamine

Par R. Bouillerot

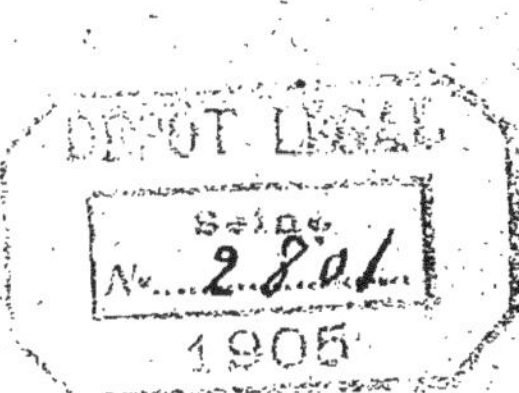

PARIS
E. BERNARD IMPRIMEUR-ÉDITEUR
29, Quai des Grands-Augustins, 29

Yamine

I

Yamine !

Pourquoi ce nom bizarre, contrefaçon du prénom oriental Yamouna, Yamina ?

La jeune fille qui le portait, fort gracieusement du reste, l'attribuait à un simple caprice de sa mère. Caprice en effet, né de la lecture, aux heures lourdes de la grossesse, d'un roman où l'héroïne était gratifiée de ce nom.

Yamine s'en souciait peu, ce matin là où elle sortait de son tub, ruisselante et rosée.

Une grande glace la reflétait toute, de haut en bas, de profil, de face, de trois-quarts et de dos, ce qui lui permettait de se confirmer dans cette opinion qu'elle était belle.

De fait, elle l'était merveilleusement, plus encore qu'elle ne le pensait ; cependant elle en tirait, pour l'instant, sinon de l'orgueil, du moins une certaine satisfaction toute proche de la joie.

Elle était seule, c'est-à-dire qu'aucune femme de chambre ne rôdait autour d'elle. Sa situation ne lui permettait pas de se livrer aux mains de ces créatures expertes à préparer les mondaines, leurs maîtresses, pour les rendez-vous et le déshabillage du cinq à sept, dans les entresols capitonnés. D'ailleurs, elle n'était pas de celles qui se déshabillent devant un homme ou devant plusieurs.

Elle ne se privait pas pour cela de vire-volter en face de son miroir, qui lui renvoyait l'image d'admirables choses : ainsi, la gorge forte et dure, extrêmement blanche sous la peau tendue ; puis, les nacrures des épaules et la splendeur des hanches ; et encore la fine attache de l'encolure, qui permettait à la tête de se renverser en arrière et aux yeux de suivre la ligne souple du dos.

Il plaisait de même à Yamine de voir, dans la glace, se profiler la ligne impeccable de ses jambes, aux genoux ronds et polis, aux mollets bien pris et aux pieds tout menus.

Elle éleva ses deux bras au-dessus de sa tête, sans autre but que de faire saillir les seins qui pointèrent en avant, tels les *umbos* des boucliers francs.

L'apparition des aisselles rousses arrêta son regard une seconde et la fit sourire. Elle arrondit ses poignets, dans une pose de statue grecque porteuse d'amphore, et ses doigts souples dénouèrent la masse des cheveux.

On en pouvait voir d'aussi soyeux, d'aussi longs, d'aussi blonds, bien que les siens fussent très abondants, d'une finesse extrême et descendissent plus bas que le pli du genou. Mais quelque chose pourtant les différenciait de tous ceux qui existent dans ce même genre : c'était deux mèches dorées, — comme une double coulée d'or en fusion, — qui partaient du sommet de la tête et se mêlaient à l'ensemble tout en restant distinctes. Ainsi la Saône, se mariant au Rhône, garde pendant des lieues sa blancheur de fiancée avant de se fondre dans le lit boueux du fleuve.

Chaque matin, ces deux mèches servaient à Yamine à échafauder et à nouer toute sa coiffure. En les ramenant au sommet de sa tête, elle semblait casquée d'or.

Pour l'instant, elle jouait avec cette chevelure et la lissait entre ses doigts. Elle l'avait divisée en deux parts : une qu'elle avait fait glisser en avant, l'autre assez luxuriante encore pour voiler le dos entier et le recouvrir d'un manteau splendide. On eût dit ainsi d'une dalmatique flottante, laissant apercevoir quelques coins de peau rosée.

Dans cette étrange attitude de Yamine, si occupée de sa propre beauté, il n'y avait rien de vicieux.

Par son âge, elle n'en était plus aux folles chimères. Elle n'avait plus aucune surprise de sa chair, comme il arrive aux fillettes nubiles qui cherchent à comprendre les mystères de leur corps.

Elle savait, en effet, tout ce que peut savoir une jeune fille et n'ignorait rien, — théoriquement parlant, — de ce que connaît une femme mariée. Elle ne songeait point à rougir des secrets d'alcôve dévoilés quelquefois entre amies, mais jamais elle ne se mêlait à la conversation. Elle semblait ainsi mépriser la tentation, les appels de la chair, les plaisirs des sens : tout ce à quoi rêve à quinze ans l'être féminin, ce qu'il désire à vingt ans et ce qu'il exige à trente.

Sa nudité, pour qui eût pu la voir en ce moment, eût plus inspiré de respect que de désir. Ce dernier eût laissé place à l'admiration en face de l'idéale Beauté artistique.

Car Yamine n'était pas la Vénus troublante, onduleuse, un peu maigre, qui fait prime de nos jours : la Vénus qui se comprime la taille et les hanches, qui se torture le ventre, se tient droite et raide comme la tige de quelque grande plante bizarre, toujours prête à se casser, ou qui, délivrée du supplice imposé par la gaîne, a des souplesses de félin, des ondulations de serpent.

Yamine, au contraire personnifiait la *Diana victrix*... Elle était, non point la perverse femme-fleur, mais la femme-fruit ; non le charme qui provoque et énerve, mais celui qui repose, celui qui inspira l'art de Praxitèle, de Sanzio et de Rubens.

Et pourtant, son beau corps, dont elle admirait les formes merveilleuses, n'était qu'une harpe sans cordes, inaccessible aux vibrations provoquées par l'Amour. Poème harmonieux, mais muet, il lui avait manqué jusqu'alors de pouvoir chanter l'hymne de Volupté...

En ce corps qui semblait sans âme, le cœur n'avait

jamais parlé... Et Yamine songeait que sans doute il ne parlerait jamais ! Il est des instants où les esprits se lancent hors des idées coutumières, où les destinées aspirent à sortir de leur voie. Yamine, n'espérant ni aimer, ni être aimée, ne contemplait en ce moment les charmes de son corps que pour apprécier quel merveilleux instrument d'amour il eût pu être...

Elle souleva dans ses mains ses deux seins lourds, les tendit en avant, comme si de mystérieux baisers eussent dû venir les caresser ; elle promena ses regards sur l'ampleur de ses flancs, aptes à la maternité et condamnés sans nul doute à demeurer stériles ; elle secoua ses longs cheveux, qui ondulèrent comme une vague ; et ses lèvres s'ouvrirent, comme pour lancer en appel le cri de sa chair virginale.

Elle était jeune encore : trente ans ; elle était belle, elle était vierge... Mais elle n'aimait personne, et personne ne l'aimait !...

Brusquement, de grosses larmes montèrent à ses yeux, des sanglots crispèrent sa gorge. Elle se mit à pleurer lentement, à grands pleurs qui roulaient le long de ses joues et s'accrochaient aux fils d'or de sa chevelure éparse.

II

Yamine se vêtit. N'ayant aucune velléité de sortir, elle passa sur sa chemise un léger peignoir, chaussa ses pieds nus de deux petites mules orientales, et, d'un tour de main, tordit à la diable ses cheveux sur le haut de sa tête.

Malgré les volets clos et les rideaux tirés, il faisait dans la pièce une chaleur d'orage suffocante, qui paralysait les forces et annihilait la volonté.

La jeune fille s'étendit sur un sofa, avec *l'intention* d'y dormir une heure ou deux. Mais trop de pensées commencèrent à se heurter dans son cerveau et le sommeil ne vint pas.

Elle repassa sa vie, sa triste vie, pour, — une fois de plus, — constater qu'elle n'avait jamais été aimée.

Enfant, on l'avait battue, brutalement, journellement, non pour ses fautes à elle, mais presque toujours pour celles de son frère et de ses sœurs. Alors, très fière, elle répondait aux coups par un sourire méprisant et ne versait pas une larme. Jamais personne ne l'avait vu pleurer, ce qui ne voulait pas dire qu'elle ne pleurât jamais, le soir, dans son lit.

Quand elle pouvait s'échapper un instant, c'était pour s'en aller vagabonder seule, la tête haute, aspirant à la liberté. Et malheur aux galopins qui s'avisaient de la plaisanter en route : elle les dispersait à coups de pieds et à coups de poings.

Pour toutes ces choses, on avait transformé son nom de Yamine en celui de Gamine ; et les moindres épithètes qu'on pût y accoler étaient celles de mauvaise engeance, petite peste, garçonnière et maraudeuse.

Que de crève-cœur, d'injustices, de larmes secrètement versées !... A l'âge où toute fillette songe tant soit peu à la coquetterie, elle se souvenait d'avoir traîné les mise-bas de ses grandes sœurs, et des souliers trop courts qui lui blessaient les pieds. Elle se rappelait les sorties du dimanche, interrompues dès le début, aussitôt qu'elle avait mis le pied dans la rue, par une taloche paternelle qui lui renfonçait son chapeau. Un geste, un mot, avaient servi de prétexte ; et, tandis que les autres s'en allaient, Yamine remontait, avec l'ordre de faire la vaisselle ou de cirer les parquets.

La conséquence, c'est qu'elle s'était repliée sur elle-même, qu'elle ne riait jamais, parlait peu et ne livrait rien de ses pensées. Aussi l'accusait-on d'être sournoise. On l'eût tuée sans pouvoir lui faire dire : Pourquoi ne m'aime-t-on pas comme les autres ?... Et pourtant elle se le disait souvent à elle-même.

A dix-huit ans, elle avait perdu coup sur coup son père et sa mère. Elle les avait pleurés parce qu'elle avait du cœur, un très grand cœur et que la mort effaçait tout. Mais elle n'avait pas fait ostentation de son chagrin : celui-ci avait été farouche,... et court.

Bientôt, son frère parti, ses sœurs mariées, elle s'était trouvée seule, libre d'elle-même et prétendant bien se suffire. Elle était surtout devenue très jolie. Ses traits s'étaient accusés ; son corps s'était élancé, vigoureux et souple. Toutefois, sa beauté passait un peu inaperçue parce que, volontairement et à force de se concentrer en elle-même, elle avait donné à son regard une expression de dureté qui décourageait les sympathies.

Même son nom lui déplaisait, pour ce qu'il évoquait l'image de quelque brune mauresque, indolente et molle, quelque fleur de sérail égarée sur le pavé de Paris. Or, Yamine était précisément tout le contraire : vive, très alerte, blonde comme les blés, ayant horreur de sentir traîner sur elle, au long des rues, les regards des hommes.

Il lui fallait néanmoins garder ce nom, ridicule à son gré, qui était le sien. Il lui fallait vivre aussi, car elle était sans fortune. Alors, pour gagner sa vie, elle était entrée dans l'atelier d'une modiste. Un an après, déjà experte et voulant avoir plusieurs cordes à son arc, elle était passée dans un atelier de couture.

C'est là qu'elle avait été intellectuellement initiée à tous les secrets de l'Amour : la plupart de ses compagnes avaient des amants et renchérissaient les unes sur les autres pour dévoiler les mystères de l'alcôve. Ainsi, elle avait su tout ce qu'on peut attendre et craindre des hommes.

Elle était vertueuse par principe, et rester sage représentait pour elle une des conditions primordiales de l'existence. A ses yeux, le travail devait assurer la vie d'une femme ; sinon, il était loisible à celle-ci de mourir volontairement. Entre ces deux alternatives du travail ou de la mort, elle n'admettait pas ce faux-fuyant qui consiste à jeter son bonnet par-dessus les moulins.

Au reste, elle ne méprisait ni ne jugeait celles qui

en agissaient ainsi. Elle ne les plaignait pas davantage, en vertu de ce raisonnement : qu'une jeune fille est toujours libre de se refuser à un seul et surtout à plusieurs, et que, si elle cède, c'est de bonne volonté ou parce qu'elle y trouve un certain plaisir. Sa volonté bien arrêtée, à elle, était de se garder chaste.

A vingt et un ans, sa vie avait subi une modification. Sur ses économies, elle avait acheté un bon à lots qui, peu après, était sorti avec vingt mille francs. Elle n'en avait parlé à personne, mais elle avait quitté l'atelier où elle manquait d'air, où ses compagnes manquaient de dignité.

A même de se confectionner de ses propres mains ses chapeaux et ses robes et désirant son indépendance, elle s'était ménagé le moyen de travailler seule, chez elle, de façon à vivre modestement sans entamer la somme qui devait, le cas échéant, lui servir de dot.

En effet, tout en songeant qu'elle était jolie et honnête, elle espérait bien rencontrer un jour un garçon loyal, bien élevé, à qui elle apporterait sa main, son bon cœur et ses vingt mille francs. Celui-là l'aimerait ; elle l'aimerait beaucoup aussi en échange ; elle aurait de beaux enfants, qu'elle ne battrait jamais comme on l'avait battue... Quelle jeune fille n'a pas fait ce rêve et pourquoi Yamine ne l'eût-elle point fait ?

Pauvre petite !... Elle ignorait qu'en France surtout, il naît plus de femmes que d'hommes ; que la lutte sociale, toujours de plus en plus ardente, empêche beaucoup de ces derniers de se charger d'une famille et que, fatalement, bien des jeunes filles sont vouées au célibat.

Comme conséquence, la chasse au mari est devenue l'une des préoccupations de la jeunesse féminine. Jolie ou laide, celle qui veut se marier doit se rendre au bal, à la promenade, à l'atelier, et même à l'église, le sourire aux lèvres, les yeux en éveil, avec l'idée de trouver un mari possible dans tout jeune homme qu'elle rencontre, à qui elle accorde la faveur d'une valse.

Chacune pense, sans qu'aucune le dise ouvertement :

— Voici ma main !... Qui veut ma main ?

Et toutes s'efforcent d'être comprises. Celles qui attendent chez elles l'époux espéré risquent fort de ne jamais le voir venir.

Yamine ne le chercha pas, parce qu'elle ne voulait pas du premier venu. Elle ne sortait guère sans entendre derrière elle chuchoter qu'elle était jolie ; elle en éprouvait un certain plaisir et son espoir s'en augmentait. Mais tous ceux dont elle goûtait ainsi les compliments au passage ne songeaient pas à faire d'elle leur femme. Un regard hautain leur faisait comprendre leur erreur et ils s'enfuyaient, penauds.

On voit aussi la fatalité condamner à l'isolement perpétuel certaines femmes douées de toutes les qualités dont mille autres ont les défauts. Et celles-ci épousent, quand les premières restent filles.

Rien ne manquait à Yamine pour faire d'elle la plus parfaite des épouses et des mères. En dehors de sa beauté indiscutable, de sa vertu à toute épreuve, elle était intelligente et bonne. Loin de se confiner dans son travail et dans les soins de son petit ménage, elle s'appliquait à meubler son esprit. Ainsi elle était arrivée à discerner la bonne littérature de celle qui atrophie le goût. Elle ne lisait pas seulement d'excellents romans, mais des ouvrages à tendances scientifiques et tout ce qui était art lui plaisait.

Aussi désirait-elle un mari qui pût la rehausser encore et faire d'elle une femme dont il eût lieu de s'enorgueillir.

Hélas ! les années avaient passé. Le mari rêvé ne s'était point montré, et Yamine avait trente ans depuis la veille.

Elle venait de raviver les souvenirs de toutes ces choses : le martyre de son enfance, ses espérances de vingt ans, ses attentes vaines. Et la puissance d'aimer, inemployée, peut-être sans but, destinée à se flétrir comme une fleur inféconde, sourdait maintenant en elle, bouleversait son cerveau, son cœur, jusqu'à son corps.

C'est pourquoi elle s'était admirée dans sa glace, s'assurant ainsi qu'elle était digne encore de l'éclosion sous le baiser de l'époux. C'est pourquoi elle avait pleuré de honte à la pensée que personne encore n'avait voulu d'elle pour en faire sa compagne loyale et légale, l'adorée prête à livrer les admirables et purs trésors de sa virginité triomphante.

Elle ne pleurait plus... Mais, le menton dans ses mains, le regard fixe, avec une grande tristesse épandue sur son beau visage, elle se murmurait à elle-même :

— Ne jamais aimer !... Ne jamais être aimée !... Ai-je donc été maudite à mon berceau ?... Mon Dieu !... Pourquoi n'avez-vous pas voulu que je fusse laide et difforme ?... Au moins cette douleur me serait épargnée !...

III

Elle fut tirée de sa rêverie par un brusque coup de timbre qui la mit debout, un peu mécontente. Elle n'était pas, en effet, d'humeur à recevoir gracieusement quelqu'un.

Mais sa physionomie changea dès que la porte fut entrebaillée, et qu'un jeune homme, — dix-huit ans à peine, — se fut jeté à son cou, en plaquant sur ses joues deux gros baisers naïfs et retentissants.

— Bonjour, Yamine ! s'écria-t-il... Il fait dehors une chaleur insupportable et je me réfugie chez toi en toute hâte.

Elle tendit gentiment son visage et répondit presque avec entrain :

— Bonjour, Georges !... Alors, sans la chaleur, tu ne serais pas venu ?... C'est flatteur !

— Mais non, sotte. Je me suis arrangé de façon à être aux environs de chez toi à l'heure où il faut entrer quelque part, sous peine d'être rôti tout vif.

— Tu as bien fait et je suis heureuse de te voir... Je m'ennuyais...

— Toi ?

— Crois-tu donc que cela ne m'arrive jamais ?

— Bah !.., je viendrai plus souvent, va, et je trouverai bien moyen de faire envoler tes papillons noirs.

Ils allèrent s'asseoir sur le divan et sans aucune gêne, en excellents amis, ils se mirent à babiller.

— Ton père? ... demanda-t-elle.

— Papa !... Si tu savais quelle joie lui procure mon admission à Saint-Cyr... Depuis hier, il chante à tue-tête ...

— Il t'aime bien... et Alice ?

— Maman !,.. Ah ! c'est bien autre chose encore !... Chère bonne maman !... Vois cette magnifique épingle; je l'ai trouvée ce matin sous ma serviette.

Yamine sourit :

— Viens-tu donc me rappeler, dit-elle, que je te dois, moi aussi, mon petit cadeau.

— Folle, va !... Donne-moi une fleur pour ma boutonnière... ou bien embrasse-moi, et je te tiendrai quitte.

Elle acquiesca immédiatement aux deux demandes, épingla un œillet au veston du jeune homme et embrassa celui-ci bien franchement, comme une grande sœur embrasse son frère.

Yamine, méfiante, presque sauvage, avait été très longue à entrer en relations et à se lier avec la famille Dangé. Elle ne l'avait fait qu'une fois sûre d'être comprise par ces gens, qui l'aimaient comme si elle eût été des leurs.

Charles Dangé, le père de Georges, avait quinze ans de plus que Yamine. Il l'avait connue enfant, alors qu'on la traitait de *mauvaise gamine.* En un temps, comme bien d'autres il avait cru qu'elle méritait cette épithète ; mais, plus tard, diverses circonstances lui avaient permis de revenir sur ce jugement erroné.

Marié, il avait dit à sa femme :

— Aime-la... gagne son affection et donne lui la tienne... Vous vous en trouverez bien l'une et l'autre.

Depuis lors, Alice et Yamine ne se quittaient plus.

Ainsi, cette dernière avait vu naître et grandir Georges, qui avait douze ans de moins qu'elle-même. Par son âge, elle se trouvait donc placée, entre le père et le fils, de telle façon qu'elle pût considérer l'un comme un frère aîné, l'autre comme un plus jeune frère. De fait, cela se passait ainsi.

Les rapports de Charles et de Georges avec la jeune fille avaient toujours eu pour base un respect absolu. Alice n'avait aucune raison d'être jalouse de son mari, dont la tendresse pour Yamine excluait toute familiarité. Elle ne craignait pas davantage que son fils s'éprit de son amie, à l'âge où les désirs des jeunes gens sont éveillés par le simple frôlement d'une femme.

Georges, à la vérité, n'y avait pas songé, Yamine étant pour lui une camarade. Et celle-ci, par une étrange bizarrerie de son caractère, ne s'était jamais

ELLE ELEVA SES DEUX BRAS..

départie qu'avec lui, avec lui seul, de sa systématique froideur.

En sa compagnie, — quand il avait treize ou quatorze ans, elle plus de vingt-cinq, — au cours des quelques parties de campagne faites en commun aux beaux jours de l'été, elle n'était plus la même. On la voyait ramasser ses jupes, sauter les fossés, dévaler en bas des talus, franchir les haies et bondir dans les taillis, à la poursuite de Georges. Elle était rouge, son rire sonnait et toute sa nature puissante débordait en éclats joyeux ; jusqu'à ce que, cinq minutes après, elle fût redevenue impassible, froide, un peu triste.

Les deux jeunes gens continuaient de causer :

— Comme tu as chaud, dit Yamine en lui épongeant le front avec son propre mouchoir... Veux-tu te rafraîchir ?

— J'allais te le demander.

Elle alla chercher de l'eau bien fraîche, du rhum et du sucre et lui confectionna un grog. Avant de le lui tendre, elle y trempa ses lèvres :

— C'est assez sucré, je crois, dit-elle... goûte...

Etait-ce charmant, ce tableau ?... Etait-elle assez sincère, cette amitié qui permettait à deux êtres jeunes et beaux, faits pour aimer, de boire au même verre sans l'ombre d'une arrière-pensée ?

Car, si Yamine avait trente ans, on lui en eût donné vingt-deux, vingt-trois à peine ; et Georges, à dix-huit, semblait en avoir vingt.

Il était robuste, gracieux. Ses yeux bleus étaient

ombragés de longs cils qui donnaient à son regard une expression très douce; son profil était remarquable de finesse et sa moustache blonde, la carrure de ses épaules, sa taille assez élevée, le préservaient de toute allure efféminée. C'était un de ces beaux garçons, fatalement destinés à être adorés des femmes.

Son mérite était de ne pas s'en douter, ou du moins de ne pas agir comme s'il le savait. Jusqu'alors, la vie de famille, rendue agréable pour lui par la bonne camaraderie de son père, lui avait suffi. D'autre part, ardent au travail, il n'avait pas songé à s'émanciper, estimant qu'il fallait réserver le plaisir pour le temps où il aurait dépassé la fastidieuse période des examens successifs et du gavage intellectuel.

Il n'était pour cela ni niais, ni naïf. Simplement, il se plaisait dans l'atmosphère très saine où il vivait, sans y être l'objet d'une maladroite tutelle.

Maintes fois il avait surpris des regards féminins attachés sur lui avec complaisance. Il en avait souri, sans que pour cela ses sens s'en fussent éveillés.

Mais, en cette matière, l'évolution des êtres et des choses est là qui veille. Était-ce la joie de son admission à Saint-Cyr, ou l'influence du temps orageux ?... Georges, après déjeuner avait senti monter en lui une poussée de sève ; des instincts de liberté l'avaient secoué, quoiqu'il fût d'habitude entièrement libre et, pour expliquer ce fait, lui qui ne mentait jamais, il avait forfait à sa franchise habituelle.

— Je vais dîner ce soir en ville, chez un ami, avait-il dit à son père d'un air détaché... Je ne rentrerai que vers minuit, peut-être une heure.

— Bien, avait répondu celui-ci gaiement... Prends une clé, mon grand, car je serai couché sans doute.

Et le jeune homme était parti, très fier de lui-même et faisant des moulinets avec sa canne.

On voit souvent dans les prés, au passage d'un train, un poulain dresser superbement la tête, agiter sa crinière, se rassembler sur les jarrets et bondir. On croit qu'il va entreprendre de lutter de vitesse avec le convoi, on l'admire... Et lui, bien tranquillement, après quelques foulées de galop, s'arrête et se remet à paître.

Ainsi fit Georges Dangé. Assis auprès de Yamine, il se demandait comment il exécuterait bien le programme qu'il s'était donné et dont il avait dévié déjà en venant rendre visite à son amie.

Par instants, cependant, son imagination l'y ramenait, l'entraînait à vagabonder vers certain concert en plein air, où il était allé une fois ou deux avec son père. Le voyant seul, quelque jolie fille viendrait sans doute accrocher un sourire aux pointes de sa moustache blonde... Pourquoi pas ?... Il ne serait pas assez sot pour entrer à Saint-Cyr sans connaître autre chose que la théorie de l'amour... autant donc aujourd'hui que demain, puisqu'aussi bien il s'y était décidé depuis le matin.

Les yeux perdus dans l'enchevêtrement des dessins du tapis et la pensée ailleurs, il se taisait. Yamine le regardait, curieuse, sans lui parler davantage.

Ainsi, côte à côte, ils semblaient deux amoureux satisfaits d'être seuls, et n'ayant besoin ni de mots, ni de gestes pour se comprendre. A les voir, neuf personnes sur dix eussent juré leurs grands dieux que l'une était la maîtresse de l'autre, étant donné qu'elle était trop âgée pour être sa fiancée. Eux seuls n'avaient pas la moindre envie de s'aimer.

— Georges... que fais-tu ce soir ? demanda Yamine à brûle-pourpoint.

Il se redressa vivement, comme s'il revenait d'un long voyage dans la lune ; et sa réponse ne se présenta pas très nette.

— Ce que je fais ?... je me suis donné congé jusqu'à minuit.... peut-être plus tard ? Cela dépendra...

— Ah !... fit-elle, surprise et devinant à l'embarras du jeune homme, quelque chose d'anormal... Tes succès aux examens t'auraient-ils donné l'envie d'en chercher d'une autre sorte et... d'aller te brûler les ailes ?...

Contrarié d'être ainsi deviné, il s'empressa de répondre :

— Pourquoi me demandes-tu cela ? Je dîne avec un ami et... je ne sais ce que nous ferons ensuite.

Mais Yamine sourit avec malice et ce sourire le troubla.

— Ah çà !... que crois-tu donc ? riposta-t-il... que l'ami est un prétexte... et que...

— Moi ?... mais je ne crois rien, répondit-elle en riant... Tu ne penses pas, au moins, qu'il me conviendrait de m'interposer si tu songeais à quelques plaisirs... permis à ton âge...

Elle riait et jouait en même temps avec sa mule qui, tout à coup, quitta son pied, décrivit une courte parabole et retomba sur le tapis.

Le jeune homme se baissa pour la ramasser et, machinalement d'abord, se mit en devoir de rechausser son amie. Mais, par hasard, ses doigts frôlèrent la cheville et il s'avisa que cette cheville était nue.

— Tu as un fort joli pied, sais-tu bien, dit-il avec un naturel qui excluait toute idée de flatterie intéressée.

— Ne t'abuserais-tu pas ? répondit-elle. J'ai été trop mal chaussée dans mon enfance ;... et puis, je ne sache pas que tu sois apte à faire des comparaisons.

Georges rougit un peu et n'osa pas la regarder, de peur de lire un peu de moquerie dans ses yeux. Par contre, il sentit son amour-propre stimulé, comme l'est en pareil cas celui des jeunes gens de son âge.

— Bah !... qu'en sais-tu ? fit-il... Les comparaisons que je n'ai pas faites, je les ferai...

— Ce soir ?... risposta-t-elle.

Sans motif, une grande envie la prenait de le taquiner. Une autre se fit jour dans son cerveau : celle de l'empêcher de disposer de sa soirée comme il se promettait de le faire.

— Ce soir... peut-être ? répliqua-t-il.

— Ah !... cela dérange singulièrement mes combinaisons...

— Quelles !...

— A quoi bon, puisque tu n'es pas libre ?

— Mais encore ?...

— Eh non !... C'est bien gentil à toi déjà d'être venu me désennuyer, bavarder un peu, me faire presque des confidences que je n'aurais jamais songé à te demander...

— Des confidences... moi ?

— Oui bien... En te poussant un peu, je t'aurais fait avouer tous les projets que tu as formés pour ce soir... je n'y tiens pas, d'ailleurs...

— Pas plus qu'à me dire les tiens...

— Ils ne sont pas de même nature et, pour t'en convaincre, les voici tout au long : j'avais l'intention d'aller dîner chez tes parents pour fêter tes succès et cette pensée m'était venue en te voyant entrer ici... N'en parlons plus, puisque tu es retenu.

Elle avait pensé qu'il trouverait un biais, la prierait de remettre ce projet au lendemain, ou s'excuserait du moins avec maintes protestations. Peut-être même allait-il accepter, faire contre fortune bon cœur, mais sans pouvoir dissimuler son embarras. Et de tout cela il ne fut rien, car il s'écria, tout joyeux :

— Vrai !... Cela te ferait plaisir, ma petite Yamine?... En ce cas, habille-toi vite ; tu prendras mon bras, nous irons nous asseoir à la terrasse d'un café des boulevards et, juste à l'heure du dîner, nous ferons notre entrée à la maison... Est-ce dit ?

Elle l'avait écouté avec une incroyable surprise mêlée de beaucoup de joie, sans toutefois se rendre un compte exact des causes de cette joie.

— Et ton ami ?... objecta-t-elle.

Georges se mit à rire :

— Ne mets pas le doigt sur la plaie et puisque tu sais deviner, passe l'éponge sur ce petit mensonge. Personne ne m'attend et celui ou celle avec qui j'aurais perdu ma soirée ignorent même mon existence.

— Va, tu es bien gentil, dit Yamine, et tu me fais grand plaisir.

Pour le récompenser, elle lui plaqua un gros baiser sur la joue et disparut pour s'habiller dans la pièce voisine.

Il réfléchit que la joie de son amie valait mieux que tous ses projets à lui, maintenant à vau-l'eau.

La jeune fille revint, en corset et en jupon court. Tant de fois elle avait achevé de s'habiller ainsi devant lui que sa pudeur, aujourd'hui, ne songeait pas à s'alarmer plus qu'autrefois. D'ailleurs, elle restait très chaste, en dépit de ses épaules et de ses bras nus, de ses jambes fines, gaînées de bas de soie noire, et visibles jusqu'à mi-mollet.

Gracieuse et légère, elle passa et repassa devant lui, assujetit avec des épingles sa lourde chevelure qu'elle craignait toujours de voir se dérouler dans la rue et ne s'aperçut même pas qu'il la regardait.

— Yamine, lui dit-il tout à coup... ne sais-tu pas que tu es très jolie ?

— Je me l'entends dire pour la première fois...

— Et c'est la première fois que je m'en aperçois, ce qui n'est pas à ma louange.

— Là encore, comme pour mon pied, tu pourrais te tromper...

— Manque de comparaisons, toujours !...

— Regrettes-tu donc celles que tu devais faire... ce soir ?

— Ah non ! par exemple... Mais tu me dois bien une compensation...

— Je te l'ai déjà donnée...

— Soit... Mais tu pourrais mieux...

— Tu m'effraies !... De quoi s'agit-il ?

— Eh bien !... permets-moi de déposer là, sur le bout de ton épaule, un tout petit baiser... Et, je t'assure que je ne regretterai rien de ce que... Enfin, veux-tu ?

— Grand enfant !... murmura Yamine.

Elle approcha son épaule blanche et Georges l'effleura seulement du bout des lèvres, comme on baise une relique.

Pour deux jeunes gens qui ne songent pas à s'aimer, ceux-ci s'étaient embrassés bien des fois dans cette journée. On les eut bien étonnés en leur disant que c'était là un jeu assez dangereux.

IV

L'arrivée de Yamine et de Georges provoqua chez les parents de ce dernier des exclamations de surprise qui ne le démontèrent point.

— J'ai rencontré mon ami, dit-il... Il était fort mal en train et rentrait se mettre au lit. Je me trouvais près de chez Yamine ; je suis monté la prendre, je vous l'amène et voilà...

Il donnait bien ainsi un croc-en-jambe à la vérité ; mais la jeune fille ne songea pas à protester. Elle échangea seulement avec lui un regard à la dérobée et tous deux trouvèrent charmant ce petit secret qui existait entre eux.

Ils étaient voisins de table, suivant la coutume. A plusieurs reprises, sans aucune intention, leurs genoux se touchèrent, ce qui avait eu lieu des centaines d'autres fois sans qu'ils y prêtassent la moindre attention. Ce soir, au contraire, ils tressaillaient et se reculaient au moindre contact. Ils se rendaient mutuellement compte d'une chose nouvelle qui existait entre eux : un lien imperceptible, mais un lien néanmoins, dont ils devaient faire mystère aux autres et à eux-mêmes.

La soirée fut très gaie. La famille Dangé habitait avenue Bosquet ; Yamine avait son appartement aux Gobelins.

Charles proposa de la conduire à pied jusqu'à la gare Montparnasse, ce qui serait pour tous une promenade. Après l'orage de l'après-midi, il faisait un temps délicieux et le ciel était plein d'étoiles.

Le quartier vivant et très éclairé de l'Ecole Militaire semblait un foyer autour duquel, sombres et mornes, s'enfonçaient des avenues qui rappellent la province. Les terrasses des cafés étaient encombrées d'une jeunesse bruyante et sans façon. Ils eurent grand'peine à y trouver une table et demeurèrent là, près d'une heure, égayés par le brouhaha.

Yamine découvrit que la Tour Eiffel et la Roue de cent mètres, toutes proches, ressemblaient à deux grands jouets de fer-blanc, faits pour amuser de très grands enfants.

Georges surenchérit :

— Elles sont bien laides toutes deux et plus grotesques encore en raison de leur voisinage. On jurerait un immense bilboquet auquel manque la ficelle... A quand l'inventeur du câble qui les reliera l'une à l'autre et le long duquel glisseraient les belles dames névrosées ?

Ils rirent de cela et de bien d'autres choses et reprirent leur promenade. Sous les quinconces de la place Saint-François-Xavier, Georges s'empara du bras de la jeune fille et le garda. Elle était très heureuse de s'appuyer ainsi sur lui, qui la soutenait délicatement. Pourquoi n'avait-elle pas douze ans de moins ?... En les voyant marcher tous deux, élégants et gracieux, Mme Dangé eut cette pensée et la laissa s'envoler bien vite.

Sur le boulevard des Invalides, tous les bancs étaient occupés, comme en province, par des gens paisibles qui se racontaient leurs petites affaires. Ils levaient la tête au passage des promeneurs et des bonnes femmes murmuraient :

— Voilà deux beaux fiancés.

Rentrée chez elle, Yamine n'en finit pas de se déshabiller. Elle se sentait légère, comme soulevée de terre par une force invisible. Elle se souvint des mots de Georges :

— Ne sais-tu pas que tu es très jolie ?

Elle le savait : mieux que jamais en ce jour où elle s'était longuement contemplée dans la glace. Elle y retourna pour s'assurer que rien n'était changé depuis ; mais elle n'y jeta qu'un rapide coup d'œil, bien convaincue que Georges ne s'était pas trompé et heureuse qu'il le lui eût dit.

Enfin, elle se coucha, éteignit sa lampe. L'obscurité et la douceur du lit changèrent le cours de ses pensées. Sa légèreté de tout à l'heure disparut pour faire place à des idées plus profondes, plus sages.

Elle en vint même à s'interroger et éprouva presque de la surprise à analyser les divers sentiments qui l'avait agitée durant cette journée. Elle alla plus loin : elle s'en inquiéta.

Tout d'abord elle se demanda d'où lui était venue cette inspiration subite qui l'avait poussée à se mettre en travers des projets de Georges Dangé, à le priver d'un plaisir recherché par les jeunes gens de son âge... Persuadée qu'il était, non pas sage relativement, mais dans le sens le plus absolu du mot, elle fut heureuse de songer que jamais une de ces gueuses, sans cesse à l'affût des jeunes gens, ne l'avait souillé de ses baisers vendus.

Ce point, essentiellement délicat, prit à ses yeux une importance capitale, comme s'il se fût agi d'elle-même. Elle ne se représenta pas seulement Georges dans les bras d'une de ces gouges bourgeoises, friandes de jeune chair, éducatrices et initiatrices des amis de leurs fils. Elle le vit, vautré dans la couche d'une femelle de hasard, anémique ou graisseuse, pieuvre rencontrée dans un promenoir de café-concert ou ribaude de barrière, en tout cas, vicieuse, ordurière et vénale.

A cette seule évocation, elle eut un frisson de dégoût et se cacha le visage sous ses draps.

Mais pouvait-elle empêcher que cela fût, demain ou un autre jour, bientôt ?... Non... Elle-même, vierge, résolue à rester pure, n'avait-elle pas ressenti, pas plus tard que ce matin, les appels de la chair ?... N'avait-elle pas évoqué l'amour ?

Elle savait bien que les hommes n'attendent jamais le mariage, qu'il leur faut jeter leur gourme... Ainsi, prétend-on, ils sont meilleurs époux.

Ratiociner sur le bien fondé de cette thèse n'était point son fait. Georges seul était en cause et ce qu'elle prévoyait à son sujet était imminent. Il lui parut qu'elle en souffrait déjà, et d'autant plus qu'elle n'avait aucun moyen de l'empêcher.

Encore une fois, pourquoi n'étaient-ils pas du même âge ?... Bien mieux, pourquoi n'était-elle pas la plus jeune ?

Cette question la troubla étrangement... Aimerait-elle Georges, par hasard ?

Elle essaya d'en rire, mais tout de suite ses lèvres se refermèrent. Elle sentit, au surplus, comme un grand coup qui heurtait à son cœur et, pour de bon, elle commença à s'inquiéter.

Non, ce serait fou !... Certes, elle l'aimait bien, mais il y avait si longtemps... Hier encore, il était en maillot, puis en culottes courtes... Ne serait-ce pas ridicule qu'il devint son mari, lui qu'elle avait bercé dans ses bras ?... Et où prendrait-elle le respect qu'elle voulait accorder à celui qui serait son maître ?

A quoi songeait-elle là, grands dieux !... avec ses douze ou quinze ans de trop sur la tête ?... Le jeune homme, d'ailleurs, ne pourrait se marier avant cinq ou six ans... Elle en aurait trente-cinq : elle serait vieille !

Cette fois, elle éclata d'un petit rire sec, mais qui sonnait faux. Malgré elle, elle ne pouvait s'arracher à cette pensée qui lui était venue d'aimer Georges et d'en être aimée. Qu'était-ce donc qui avait pu la faire naître ?... Parce qu'un instant, il avait tenu dans ses mains son pied mignon et l'avait trouvé charmant ?... Parce qu'il lui avait demandé la faveur de baiser le bout de son épaule ?... Ou bien pour le sacrifice qu'il lui avait fait avec tant de bonne grâce ?

Dans toutes ces raisons, elle n'arrivait pas à démêler celle qui l'obligeait à penser au jeune homme au lieu de dormir, à se poser des questions comme jamais il ne lui était arrivé de le faire. Elle voulait se persuader qu'elle l'aimait toujours comme un gentil petit frère. Pourtant, elle était forcée de s'avouer que, depuis ce soir, il était peut-être un peu plus pour elle, qu'il était aussi un homme tel qu'elle eût souhaité en avoir un pour mari.

Ce qui la peinait surtout, ce qui était chez elle la

crainte dominante, presque de l'effroi, c'était de penser qu'il serait à beaucoup de femmes, bientôt, demain... Et quelles femmes !...

Il ne s'agissait pas trop de celle qu'on lui choisirait, une inconnue, peut-être laide, niaise, probablement riche, et qui ne saurait pas le rendre heureux... Elle ne pouvait le sauver de cette dernière, puisque, aussi bien, il faudrait qu'il se mariât un jour... Mais, coûte que coûte, elle voulait le sauver des autres... Elle ne voulait pas que celles-là, indignes, eussent de lui une part qui lui était refusée à elle.

Et ceci était gros de conséquences ; car il y avait un fossé profond entre son désir de voir son ami échapper à de juvéniles débauches et la possibilité de l'en empêcher par elle-même. Pour combler ce fossé, un seul moyen s'offrait : elle n'osa pas l'envisager encore.

Puis, elle en revint à se demander pourquoi elle se préoccupait tant de cette question, si elle n'aimait pas Georges.

Une adolescente se fut écriée sur le champ : Ce doit être cela l'amour ?... Donc, j'aime ce jeune homme !... Mais Yamine avait trop l'expérience de la vie pour se laisser aller à un emballement qui se fût aussitôt heurté à l'obstacle. Le cas n'en était que plus complexe et ses réticences ne lui prouvaient ni qu'elle n'aimait pas, ni qu'elle n'avait pas le droit d'aimer.

Elle trembla bien un peu avant de pousser plus loin ses investigations dans son propre cœur. Mais là encore, son caractère méthodique, accoutumé à raisonner froidement, et sa science de l'existence, devaient lui permettre, en présence d'une porte fermée d'avance, de jeter un coup d'œil vers une autre porte qu'il dépendait d'elle seule d'entr'ouvrir.

C'était si grave qu'elle avait peur rien que d'y songer. Il lui semblait fort inutile d'ailleurs d'envisager cette alternative si elle était sûre de pas aimer Georges. Mais, en scrutant jusqu'au fond de son cœur, elle s'avisa qu'elle n'était sûre de rien... Et, très résolument, elle se tourna vers cette autre porte dont elle avait la clé.

La solitude dans laquelle elle se trouvait en ce moment, en pleines ténèbres, parfaitement éveillée et la tête bien à elle, lui permettait de se livrer à des méditations qui n'étaient pas des songes creux. Elle comprenait donc toute la portée des résolutions qu'elle allait prendre à cette heure où le besoin s'imposait de déchiffrer l'énigme de son cœur.

Accoudée sur ses oreillers, elle prit le parti d'interroger l'avenir, avec sang-froid, et même avec audace.

Ce n'était pas la première fois. A vingt ans, elle l'avait tenté déjà et l'avenir lui était apparu tout autre que ce qu'il avait réalisé. Alors, elle avait eu foi en sa beauté, en sa jeunesse. La première lui restait; sa jeunesse ne lui avait servi à rien: elle s'était effeuillée, inutile et vide. Elle vieillissait de plus en plus, toujours avec cet espoir d'un mariage possible qui peut-être n'aurait jamais lieu. Ou bien, à quarante ans, elle devrait se résigner à épouser un vieillard, ou quelqu'un qui la rechercherait uniquement pour les vingt mille francs qu'elle possédait.

Union de déclin, union de raison, d'où l'amour serait exclu !

Elle se révolta contre cette hypothèse... Pourquoi toute femme belle, chaste, honnête, n'aurait-elle pas droit à l'amour ?... Pourquoi des créatures absolument aptes à être désirées et aimées, seraient-elles marquées par le Destin et privées à jamais des joies du cœur, des devoirs de la famille ?... En vertu de quelle puissance occulte, elle, Yamine devait-elle renoncer à un Bonheur qui vient à certaines sans même qu'elles aient la peine de le chercher?

Le sort est généralement injuste : c'est là un fait acquis. La Fortune ne sourit pas à tous : c'est là encore une règle de balance sociale. Les uns envient des choses qui ne sont pas à leur portée ; les autres retombent, après les avoir atteintes et perdues .. N'est-ce pas souvent chez ces derniers le résultat de la négligence, d'accidents, de circonstances particulières, du manque de savoir faire, la conséquence de certaines fautes?

Mais journellement des milliers d'êtres s'appellent pour l'amour : il suffit qu'ils se rencontrent. Cent hommes posséderont les aptitudes nécessaires pour faire le bonheur d'une seule femme, et vice-versà. La laideur physique ou morale n'empêche pas, chaque jour, des couples de se rapprocher, de s'unir et de constituer une famille. Libre à ceux qui préfèrent le

GEORGES L'EFFLEURA DU BOUT DES LEVRES

célibat de s'y tenir ; à ceux que tente la multiplicité des amours passagères de s'y adonner... Mais, est-il admissible qu'une créature réunissant toutes les conditions requises pour le mariage et le désirant, reste dépareillée pour des raisons qu'elle ignore ? Le célibat doit-il être pour elle un châtiment immérité, alors qu'elle a gardé sa dignité et son honneur ?... Et lorsque son cœur appelle, que sa chair crie, n'a-t-elle donc d'autre ressource, si elle veut connaître l'amour, la loi naturelle, que de se donner à quelqu'un qu'elle n'aime pas ?...

Et si c'est à quelqu'un qu'elle aime, mais dont un obstacle la sépare, la société la flétrira... Maîtresse d'un seul, compagne aimante et aimée, elle sera traitée avec le même mépris que la prostituée prête à se donner à tous !

Il y a bien, il est vrai, l'amour libre !... Il est né, on en parle comme d'un enfant phénomène appelé plus tard à accomplir des merveilles. Mais les préjugés le tiendront longtemps encore en lisière... Il subira toutes les maladies de l'enfance et Dieu sait s'il survivra !...

Pendant des heures, Yamine tourna et retourna ces choses en son esprit sans être plus avancée qu'au début. Plus elle voulait approfondir et plus elle se sentait enfermée dans le même dilemme écrasant.

Elle aimait Georges et ne pouvait l'épouser. Elle voulait le garder de l'amour des autres femmes et canaliser cet amour à son profit, parce que lui, seul homme, était capable de l'aimer et de faire ainsi qu'elle ne manquât pas à la destinée de la femme, qui est d'aimer.

Dans de telles conditions, il lui fallait donc renoncer à l'amour et rester vierge, ou bien lui obéir et... devenir la maîtresse de Georges.

Mais, dans le premier cas, il fallait laisser aller le jeune homme dans les bras des autres femmes. C'était là la pierre de touche. La jalousie qu'elle ressentit à l'avance était peut-être ce qui devait dénouer le dilemme.

Yamine, en son esprit, ne voulut pas prendre une décision immédiate... Son cœur, sans doute, en avait pris une.

Elle s'endormit en murmurant :

— Nous verrons !...

V

Le lendemain, elle se réveilla la tête lourde et se leva de fort méchante humeur.

Ce n'est pas généralement ce qui se passe chez les jeunes filles, accoutumées à sourire d'un rêve qui leur est venu dans la nuit. Telle en recherche en son esprit les détails, parfois un peu vagues, et s'efforce de le reconstituer s'il était agréable ; telle autre s'en souvient très exactement, en raison de certain personnage qui y figurait et lui faisait, d'une voix très douce, une déclaration qui était loin de lui déplaire.

Et n'en est-il pas de même pour la femme mariée,

quand elle est jeune, voire même quand elle ne l'est plus tout à fait ? Ne se demande-t-elle pas quelquefois ce qu'elle eût fait si le rêve eût été la réalité ? Ne va-t-elle pas même jusqu'à rougir si les choses sont allées assez loin et si elle doit s'avouer que le songe qui lui était agréable eût été, dans sa réalisation, la faute immense et irréparable ? Hélas ! qui nous dira ce que pensent les femmes, à leur gracieux réveil, des rêves qui ont troublé ou charmé leur sommeil et peut-être, contre leur gré, se sont envolés trop vite ?

Yamine était maussade, non point d'avoir rêvé, mais d'avoir rêvé éveillée, ce qui était beaucoup plus grave. Les songes étant souvent l'action réflexe des pensées de la veille, on peut toujours se nier à soi-même avoir eu ces pensées et en accuser une circonstance physique : une mauvaise digestion ou la compression du cœur par une position irrégulière du corps.

La jeune fille ne pouvait recourir à ces subterfuges et, à vrai dire, elle n'y songea même point. Avec franchise, elle s'avoua qu'elle n'avait pas rêvé, mais qu'elle avait discuté, parfaitement éveillée, avec son honneur et avec sa conscience et, qu'au cours de cette discussion, elle avait envisagé deux alternatives également très sérieuses : ou renoncer à l'amour, ou devenir la maîtresse de Georges.

A présent, de sang-froid, elle ne se jugeait pas sans reproches. Elle s'en adressa donc sagement quelques-uns et se promit bien de se ressaisir et de ne plus penser à toutes ces sottises.

C'était fort bien d'en avoir le désir, mais elle avait aussi la crainte de voir ces belles résolutions s'en aller à vau-l'eau si seulement — et la chose était possible — il prenait fantaisie à Georges de lui faire visite cet après-midi. Aussi, le moindre bruit la faisait tressaillir et, dans la demi-obscurité produite par les persiennes closes, elle demeurait là, inquiète et incapable de tenir cinq minutes les yeux fixés sur son ouvrage. Si bien que, tout en se promettant de ne pas ouvrir au jeune homme, elle se demandait si elle pourrait résister au désir de le recevoir quand même.

Comme elle s'interrogeait, le tintement de la sonnerie la fit sursauter, sans cependant qu'elle se décidât à se lever de sa chaise. Elle ne bougea pas davantage à un deuxième, à un troisième appel ; au contraire, elle s'immobilisa et se raidit davantage, prise de cette angoisse qui vous saisit au bord d'un précipice.

Une carte fut glissée sous la porte et Yamine ne fit pas un mouvement. Ses yeux seuls restaient rivés à ce carré de bristol qui se détachait sur le parquet ciré et qui tentait sa main.

Quand elle entendit sous le porche résonner le pas de Georges qui s'en allait, elle poussa un grand soupir et courut à la fenêtre pour l'apercevoir à travers les lames des persiennes, indécise si elle allait le laisser partir ou le rappeler.

Le temps de cette indécision ayant permis au jeune homme de s'éloigner, elle alla vivement ramasser la carte sur laquelle étaient tracés quelques mots au crayon :

« Quatre heures. — Ma chère petite Yamine, je regrette fort de ne pas te rencontrer. J'avais à te faire une proposition très intéressante de la part de ma mère. C'est partie remise à demain, même heure. Je t'embrasse bien fort et je rentre à la maison. — Georges.

Une proposition de la part d'Alice ?... Pourquoi celle-ci n'était-elle pas venue elle-même ? N'était-ce point plutôt une ruse de Georges, voulant être sûr ainsi qu'il la trouverait le lendemain ?... Et cette phrase : je rentre à la maison... Comment ne pas y trouver une façon déguisée de lui dire : Sois tranquille, je ne me débaucherai pas encore ce soir, parce que je sais que cela te serait désagréable. Peut-être seras-tu contente de l'assurance que je t'en donne.

C'était à la fois gentil et perfide, et prouvait qu'il agissait ainsi uniquement pour elle. Mais où en arriveraient-ils tous deux si Georges songeait à ne pas « se distraire » sans la permission de Yamine ? Et à quelle pensée obéissait-il pour avoir si grand soin de ne pas lui déplaire sur une question aussi délicate ?

Elle en fut néanmoins flattée; puis elle songea qu'il lui mentait peut-être, ce dont elle éprouva comme un pincement au cœur. Et l'envie lui vint d'aller chez ses amis, pour s'assurer que Georges avait dit vrai.

Mais, peu après, elle se gourmanda. Elle qui se croyait si sérieuse, avait-elle donc pu perdre toute sa journée à des divagations ridicules ?

Elle ouvrit ses fenêtres, aspira de l'air à pleins poumons et jeta dans le brouhaha de la rue ses pensées dont elle ne voulait plus, comme si chaque passant eût pu en emporter quelques bribes et l'en délivrer.

Elle avait beau faire cependant : ses pensées tournoyaient au-dessus de sa tête, s'accrochaient aux maisons d'en face, aux nuages qui s'en allaient précisément vers l'Arc-de-Triomphe, vers Georges ; et, soudain, elles lui revenaient, s'imposaient à elle, tyraniques et indéracinables.

Yamine s'écroula sur un fauteuil, se prit la tête à deux mains et malgré elle, par la seule force de cette puissance mystérieuse qui ouvre les lèvres les mieux scellées, elle dit tout haut :

— Je l'aime !

Le lendemain, elle l'attendait, le guettait de sa fenêtre. Elle lui ouvrit la porte avant qu'il eût sonné et, comme il en semblait surpris, elle lui dit, poussée par la nécessité de s'excuser :

— Je t'avais vu venir.

Il l'embrassa comme de coutume, avec toutefois une pression un peu plus longue des lèvres ; et son baiser, si frais d'ordinaire, lui fit l'effet d'une brûlure.

Elle s'étourdit alors à lui demander des nouvelles de ses parents, s'excusa de ne pas s'être trouvée là la veille et conclut à brûle-pourpoint :

— Eh bien? Et cette proposition?... De quoi s'agit-il ?

Elle avait hâte surtout de savoir que ce n'avait pas été un prétexte imaginé par le jeune homme pour l'obliger à le recevoir en tête-à-tête.

Mais lui, très naturel, s'écria :

— La proposition de maman ? Ah! je t'assure qu'elle m'a fait plaisir !... J'aurais préféré cependant qu'elle te la fit elle-même...

— Pourquoi ?

— Parce que tu es capable de me refuser, à moi...

— Parle, nous verrons bien.

— Tu sais que nous partons dans huit jours pour une excursion dans le Tyrol et la Souabe, avec une pointe jusqu'à Trieste. J'ai besoin d'air, d'espace, de lait frais, de beau soleil, tout cela, paraît-il, pour me dédommager des longues soirées passées à pâlir sur l'algèbre, la trigonométrie et tant d'autres choses que tu as le bonheur de ne pas connaître. Et, de fait, ne me trouves-tu pas un peu pâle ?

— Toi ! s'écria-t-elle en riant. Tu veux plaisanter...

— C'est possible. Je te donne l'avis de ma mère et non le mien ; enfin passons. Je te disais donc que nous partions...

— Et ce n'est pas, je pense, l'intention de ta mère, que je vous accompagne, ce qui serait la chose la plus impraticable...

— Bon, tu te récries déjà...

— Mais, Georges, tu sais bien que je ne le pourrais pas...

— Ceci peut se contester. Nous avons même eu l'idée de te le proposer, et quand je dis nous, il s'agissait beaucoup de moi. Songe donc combien c'eût été gentil de courir les montagnes, d'être toujours ensemble, en wagon, à l'auberge, en bateau, par vaux et par chemins ! J'aurais pu devenir amoureux de toi, t'embrasser derrière les buissons, au tournant des rochers, partout où l'occasion s'en fût présentée.

Il affectait de rire en parlant ainsi, mais il y avait un léger trouble dans sa voix et Yamine elle-même avait un peu pâli.

— Sois donc sérieux, murmura-t-elle.

— Rassure-toi, j'y arrive. Tu n'eusses donc pas accepté, nous le savions ; mais il est cependant une chose que tu ne peux nous refuser : c'est de nous rejoindre en Bourgogne. quand nous y serons en septembre.

— Hélas !... C'est tout aussi impossible...

Le visage du jeune homme s'allongea.

— Pourquoi ? demanda-t-il, tout triste.

— Georges, tu remercieras ta mère, ton père aussi ; je vous sais gré à tous, beaucoup de gré, de cette invitation, mais je ne puis l'accepter, je t'assure...

— Pour quelles raisons, grands dieux ? Tu es libre, indépendante ; tu as besoin, plus que moi, de grand air et de repos ; tu sais si tu nous ferais plaisir et combien tu serais choyée par nous tous,... et tu refuses, au risque de nous faire beaucoup de peine...

— Cela m'en fera peut-être davantage à moi, répondit-elle en baissant la tête.

— Alors, Yamine, je t'en supplie, réfléchis. Ne me prive pas de cette joie de passer un mois avec toi...

— Pour m'embrasser derrière les buissons ? interrompit-elle en s'efforçant de sourire.

— Oh ! la défaite est mauvaise et ce n'est pas ce motif qui te retiendrait... Tu sais bien que je t'aime beaucoup, beaucoup... mais que je ne ferais rien qui puisse te déplaire. Ne t'ai-je pas prouvé avant-hier que je suis sage quand tu le veux, et pas seulement vis-à-vis de toi ?

— Et tu n'aspires sans doute qu'à ne plus l'être... Je ne parle pas, bien entendu, en ce qui me concerne : je serais presque ta mère...

— Un peu mon aînée, tu veux dire, et je te jure qu'il n'y paraît pas ! Je t'aime à part, toi, comme je n'aimerai jamais personne, un peu avec le même amour que j'ai pour ma mère et cependant... autrement. Cela ne s'explique pas et n'a rien de commun toutefois avec un tas d'autres amours...

— De passage ?... Je veux bien le croire...

— Oh ! Yamine !... Que vas-tu supposer ?...

— Non, tu as raison, je ne suppose rien de ce genre.

Elle se ressaisit un instant, la tête baissée, comme si elle devait faire un grand effort sur elle-même pour formuler ce qu'elle avait à dire.

— Cependant, reprit-elle, tu n'y échapperas pas à ces amours de passage. Je crains même de te voir t'y lancer un peu à l'aventure et avec d'autant plus de fougue que tu as su t'en garder jusqu'alors... Cela causerait certainement de la peine à ta mère et, à moi, cela me fait peur...

— Oh ! Je te jure bien que je n'en suis pas là et que je n'ai pas les velléités que tu supposes...

— Ne jure pas si vite, je pourrais bien te prendre au mot.

— Essaie...

Elle était devenue songeuse et, sous les apparences de la plaisanterie, cachait un trouble secret qui lui donnait de l'audace.

— Vaines promesses, dit-elle, qui s'évanouiraient à l'approche de la première femme venue. Si je te demandais ta parole de ne pas défaillir avant trois mois, c'est-à-dire jusqu'au jour où tu porteras l'uniforme de Saint-Cyr, peut-être me la donnerais-tu, mais tu ne la tiendrais pas... Et je n'ai pas le droit de te la demander...

Lui-même ne riait plus. Emu de voir la jeune fille si émue, il lui avait pris les mains et, sans comprendre le motif qui la faisait agir, il lui répondit :

— Pourquoi ne prendrais-tu pas ce droit ? Et pourquoi aussi avoir si peu confiance en moi ? Tu sais bien que je t'aime assez pour faire ce que tu voudras et qu'il ne m'en coûtera rien de t'être agréable. Mets-moi seulement à l'épreuve...

— Alors tu ne te demanderais même pas pourquoi j'exigerais cela de toi ?

— Non, répondit-il ingénûment. Il me suffit que ce soit ton désir, bien que tu viennes à l'instant de me refuser ce que je te demandais moi-même.

— Tu as raison et cela mérite compensation... Eh bien ! donnant, donnant : j'ai ta parole et je te donne la mienne d'aller vous rejoindre en Bourgogne.

— Vrai ! tu ferais cela ? s'écria-t-il tout joyeux.

— Je te le promets...

— Mais, j'y songe, comment pourras-tu contrôler si je tiens ou non mes engagements...

— Je ne contrôlerai rien : j'ai confiance en toi !

Plein de gratitude pour cette bonne parole, il voulut regarder la jeune fille dans les yeux ; mais elle avait baissé ses paupières et il vit seulement frémir imperceptiblement les narines et les lèvres.

Chastement, mais avec une certaine tendresse plus marquée que de coutume, il lui mit au front un baiser qui lui sembla différent des autres, reçus jusque-là. Ce n'était plus le baiser du camarade et ce n'était pas encore celui de l'amoureux agréé. Il n'en avait pas moins de puissance et Yamine le ressentit comme un courant électrique qui eut traversé ses membres.

— Non, dit-elle en se levant brusquement, je ne te permets pas de m'embrasser à présent... Ce sera pour plus tard, là-bas, derrière les buissons ou au coin des rochers... Maintenant, je t'en prie, va-t-en...

Elle le poussa dehors par les épaules et, quand la porte se fut refermée, elle comprima de ses deux mains les battements de son cœur.

— Le sort en est jeté, soupira-t-elle, je l'aime !

A la même minute, Georges se posait cette question :

— Est-ce que, par hasard, je n'aimerais pas Yamine... autrement que jadis ?

VI

Pendant le temps qui précéda le départ de Georges, Yamine s'arrangea de façon à le voir le moins souvent possible. Plusieurs fois même il vint sonner à sa porte sans qu'elle lui ouvrît. Elle ne se sentait plus assez sûre d'elle-même et craignait de céder à l'entraînement qui l'attirait vers lui, peut-être de se laisser aller dans ses bras, un jour qu'il lui dirait des choses très douces.

Elle s'apercevait bien d'ailleurs, que lui aussi se troublait en sa présence. A chaque entrevue, leur premier mouvement était de se précipiter l'un vers l'autre, les bras tendus. C'était irraisonné et impérieux ; mais, le geste à peine esquissé, ils se reprenaient aussitôt et luttaient contre eux-mêmes pour paraître calmes. La froideur qu'ils affectaient alors était trop exagérée pour ne pas révéler la flamme qu'ils ressentaient au fond de leur cœur.

La jeune fille avait de sérieuses raisons de croire qu'une fois arrivée l'échéance qu'elle s'était fixée, il ne lui serait guère possible de s'y dérober. Elle ne voulait cependant l'avancer ni d'un jour ni d'une heure. En la voyant si éloignée encore, elle songeait qu'elle aurait le temps de réfléchir et de s'y préparer, à moins qu'elle ne se décidât à s'y soustraire tout à fait. En attendant, c'était là comme une sorte de transaction avec sa conscience et celle-ci, malgré tout, ne la laissait guère en repos.

Elle se rendait compte, en effet, qu'elle ne pourrait se donner l'excuse d'une surprise du cœur ou des sens. Elle savait où elle allait, et qu'il lui faudrait édifier un semblant de bonheur sur les ruines de sa vertu, considérée jusqu'alors comme son bien unique et inaliénable. Bien plus, ses hésitations se doublaient encore de la crainte de perdre l'estime et l'amitié d'Alice et de son mari.

Ce fut presque avec joie qu'elle vit partir Georges. Pendant ce répit d'un grand mois, peut-être pourrait-elle se reprendre ; peut-être aussi des circonstances insoupçonnées aujourd'hui modifieraient-elles sa situation actuelle ? Si vague que fût cet espoir, c'était la porte laissée ouverte à l'imprévu.

Néanmoins, elle embrassa le jeune homme avec chaleur, surtout après qu'il lui eût dit à l'oreille :

— N'oublions nos conventions ni l'un ni l'autre. J'aurai hâte de te revoir et je t'écrirai... Me répondras-tu ?

Elle hésita et finit par acquiescer :

— Oui, si tu le veux.

Elle fit ses adieux à ses amis, et quand le convoi qui les emportait eût disparu, il lui sembla que des lambeaux de son cœur s'en allaient à la suite.

Yamine avait compté sur l'absence de Georges pour faire dévier le cours de ses pensées. Mais, une heure après son départ, elle s'aperçut qu'elle n'y réussirait pas. Elle regretta qu'il fût parti ; elle regretta même de ne point lui avoir fait comprendre qu'elle l'aimait, cela au dernier moment, alors qu'il ne pouvait plus rien exiger d'elle.

L'amour qu'elle ne satisfait pas irrite la femme. Dans la solitude, il fait des progrès beaucoup plus rapides qu'en présence même de celui qui en est l'objet. Devant celui-ci, en effet, celle qui aime reste timide et embarrassée ; sa pudeur l'empêche d'accorder des faveurs trop hâtives. De loin, au contraire, sa pudeur ne s'effarouchant plus, elle se reproche de ne pas s'être laissé ravir des faveurs plus étendues ; souvent elle se promet de les accorder quand l'occasion s'en présentera et, presque toujours, elle le fait.

Yamine cédait à ce sentiment, malgré sa conviction d'avoir été devinée par le jeune homme et peut-être parce qu'elle le devinait aussi préoccupé d'elle en ce moment.

C'est qu'il est, par-delà les espaces, une affinité qui relie les êtres, une mystérieuse attirance qui apporte à l'un les pensées de l'autre. Aussi, chaque fois qu'elle pensait à lui, en arrivait-elle à se persuader qu'il songeait à elle et c'était si souvent que leur communion lui semblait être de tous les instants.

Un matin elle reçut deux lettres. Ce ne fut pas celle d'Alice qu'elle ouvrit la première et, promptement, elle décacheta l'autre : quatre grandes pages de Georges, écrites à l'insu de ses parents, et dans lesquelles un alinéa indiquait à son amie le moyen de lui répondre à lui seul, courrier par courrier.

Elle comprit que si, dès le début, il faisait ainsi mystère de sa correspondance, c'est qu'il était décidé à aborder des questions brûlantes. Elle en conçut d'abord un certain embarras, puis un plaisir assez vif et, tout de suite, elle courut à la fin de l'épitre.

Il n'y avait pourtant rien là qui pût donner prétexte à critique. Le jeune homme, en effet, ne voulait pas l'effaroucher de prime abord, de peur de s'être mépris sur ses sentiments, de peur aussi qu'elle tirât argument de son trop grand enthousiasme pour ne pas le rejoindre en septembre, et aussi parce qu'avant de s'aventurer plus loin, il voulait savoir sur quel ton Yamine lui répondrait.

Sous sa naïveté de grand enfant très sage, il avait d'instinct la rouerie des amants consommés et, par là même, il plut fort à Yamine. C'était pour elle une sécurité de constater qu'il ne l'entraînerait pas à des folies dangereuses et qu'il prendrait souci des apparences.

Ce qu'il lui disait était un vrai chant de tendresse respectueuse, sous lequel perçait cependant une passion sincère et émue. Il lui racontait son voyage et lui confiait ses regrets de ne l'avoir pas eue auprès de lui en telle circonstance où ils eussent pu se communiquer leurs impressions et, par la force des choses, se trouver tout près l'un de l'autre.

La musique des phrases la ravissait. Jamais personne ne lui avait écrit ainsi et chacun sait l'influence qu'exerce sur une jeune fille la première lettre d'amour qui lui est adressée. Elle la lut et la relut, s'appliqua même à y chercher un terme trop audacieux qui l'eût dispensée de répondre ; car, en réalité, craignant d'en dire trop ou trop peu, elle ne savait pas ce qu'elle répondrait. Mais elle ne trouva rien que la preuve d'un amour balbutié, presque dévot, qui osait à peine s'affirmer, l'amour précisément qu'elle souhaitait, sans heurts et sans violences.

Après cette lecture, la lettre de son amie lui parut froide et terne. Elle y répondit cependant d'abondance, aiguillant sur cette voie le trop plein des sensations qui l'assaillaient. Mais le contraire se produisit une fois qu'en tête de sa feuille blanche elle eut écrit :

« Mon cher Georges, »

Elle en resta là, la plume levée, la main un peu tremblante. Elle ne voulait pas se livrer, mais il ne lui était pas possible de se montrer sèche et raide. Elle commença par réprimander Georges du moyen détourné qu'il lui offrait de correspondre à l'insu de ses parents. Un jour, ceux-ci pourraient découvrir ces cachoteries qui, il est vrai, ne dissimuleraient rien de répréhensible. Alors, à quoi bon y recourir. Ce qu'il avait à lui dire, — elle en avait la preuve par sa première lettre, — pouvait affronter le grand jour et elle espérait bien qu'il n'en serait jamais autrement. Pour cette fois elle acquiesçait à son désir et lui répondait à l'adresse indiquée ; mais il était préférable qu'il usât désormais des moyens ordinaires, à moins qu'il eût quelque grand secret à lui confier.

« JE LA PRIS DANS MES BRAS »

Mais n'était-ce pas là l'inviter à être plus audacieux, à lui écrire des choses qu'elle seule pourrait lire ? Au fond, elle l'espérait bien un peu et, tout en le morigénant avec une main de velours, elle lui laissait entendre qu'en cas de récidive, il obtiendrait assez facilement son pardon.

Le style épistolaire féminin, celui surtout des amoureuses, a cela de particulier qu'on peut y lire à travers les lignes précisément l'opposé de ce qu'elles disent. Et, de même que l'instinct de Georges l'avait poussé à agir en amoureux raffiné et prudent, de même Yamine sut régler son style de telle façon que le jeune homme devait comprendre surtout les à-côté de sa lettre.

Et il en fut bien ainsi. Ce pseudo-sermon d'une Minerve trop sage provoqua chez lui tout d'abord une moue légère. Mais une seconde lecture modifia vite son opinion et, l'instant d'après, il était fermement décidé à ne tenir aucun compte des recommandations de son amie, à inventer même au besoin de prétendus secrets pour continuer à lui écrire en cachette. Il se disposait ainsi à la préparer progressivement à bien accueillir le seul secret qui lui importât : à savoir qu'il pensait constamment à elle et croyait bien l'aimer autrement que d'amitié.

Une circonstance fortuite lui fournit, peu de jours après, l'occasion de lui adresser une seconde lettre, plus longue que la première, et rentrant précisément dans les conditions requises par la jeune fille.

« Ma chère Yamine,

« Nous voici depuis hier à Villingen, en pleine Forêt-Noire, au fond d'un entonnoir formé par les Alpes de Souabe, et aux sources du Danube. Prises séparément, ces trois choses suffiraient déjà au bonheur de maints touristes ; réunies, elles sont un enchantement. Je renonce à te les décrire ; ce serait trop long et je t'en ferai plus agréablement, dans quelques semaines, le récit de vive voix. Aujourd'hui, j'ai mieux à te raconter.

« Peut-être, avant mon départ, as-tu bien fait de te réserver mon cœur tout entier. Sans la promesse qui me lie à toi, j'aurais fort bien pu le laisser prendre par un autre petit cœur tout neuf qui paraît vouloir s'accrocher désespérément au mien. Ne crains rien pourtant ; il sortira de là sain et sauf et je te le remettrai intact sans qu'une parcelle en soit demeurée sur les rives du beau Danube bleu.

« Mais, procédons par ordre. Nous sommes donc ici depuis hier au soir, et l'aventure que je vais te narrer date de ce matin : tu vas, en conséquence, en avoir l'extrême primeur.

« Je ne suis pas venu dans ce pays pour me confiner dans une chambre d'hôtel et, dès huit heures, comme ma mère défaisait ses malles pour un séjour d'une semaine et que mon père parcourait les journaux arrivés dans la nuit, moi je vagabondais déjà au bord d'une toute petite rivière qui baigne Villingen et forme le premier affluent du fleuve. Je te fais grâce toutefois de l'air pur, de l'onde claire, des émanations de la forêt et de la luxuriante beauté des paysannes : ce sont là descriptions que je remets également à plus tard.

« J'allais donc au hasard, la cigarette aux lèvres, en musant et baguenaudant et — pourquoi ne te le dirais-je pas, — ayant presque envie de chanter, tant me rendait joyeux le fait de tenir dans ma main la lettre que je relisais pour la centième fois.

« J'en fus empêché par l'apparition d'une femme jeune encore, jolie, souple et mince, et très élégante d'allures, preuve certaine qu'elle n'était pas du pays, où presque toutes sont massives et lourdes.

« Cette constatation faite, je n'en fus pas autrement troublé, attendu que mon esprit était préoccupé surtout de ta lettre et de toi. Au reste, cela lui arrive si souvent que je voudrais bien savoir de toi-même s'il a tort ou raison... Écris m'en quelques mots dans ta prochaine réponse.

« Or, donc, pour en revenir à notre étrangère, je ne la considérais qu'avec un étonnement et une curiosité fort vagues, lorsque soudain j'entendis, à quelques pas d'elle et de moi, monter un cri auquel elle répondit elle-même par une exclamation de frayeur. Un buisson me cachant le troisième acteur de la scène, je me précipitai en avant et pus me rendre compte aussitôt de ce qui causait l'émoi de la dame.

« Ce n'était rien moins, ma chère petite Yamine, qu'une belle jeune fille, toute blonde, toute rose sans doute aussi de coutume, mais pour l'instant un peu pâle, laquelle avait glissé sur la berge et roulé dans la rivière.

« Oh ! rassure-toi, il n'y avait aucun danger de se noyer, ni pour elle, ni pour le sauveteur qui la tirerait de là. Tout au plus avait-elle de l'eau jusqu'à la ceinture ; mais les bords étaient à pic et la pauvre enfant paraissait totalement ignorer la gymnastique coutumière aux grimpeurs de rochers.

« Elle n'avait aucun mal, mais néanmoins elle m'avouait tout à l'heure encore qu'elle avait presque eu peur. Toujours est-il que le brusque contact avec l'eau glacée lui avait produit une sensation désagréable et que son premier mouvement, en m'apercevant, avait été de me tendre les deux bras. Tu me ferais grand plaisir, Yaminette chérie, si quelque jour tu te laissais choir ainsi dans le Suzon, à portée de ma main. Avec un peu de bonne volonté, je me persuaderais que je t'ai sauvée d'un grand péril, et cela me serait fort agréable. Il faudra voir à réaliser ce programme quand nous serons en Bourgogne.

» Mais revenons à mon imprudente. Le cours d'eau étant trop encaissé pour que je pusse l'en tirer en lui tendant la main, j'usai du seul moyen pratique, c'est-à-dire que je sautai moi-même auprès d'elle, en l'éclaboussant et la mouillant un peu plus encore qu'elle ne l'était déjà. Je la pris ensuite avec précaution dans mes bras et, cherchant un endroit moins escarpé, je l'élevai peu à peu, un de ses pieds dans chacune de mes mains, jusqu'à ce qu'elle pût reprendre terre. Pour quant à moi, je fus tôt dehors.

« Malgré le désordre de sa toilette, et peut-être même à cause de cela, la pauvre mignonne était bien jolie. Elle avait un peu rougi en voyant ses formes dessinées sous ses vêtements trempés et, pour ne pas l'intimider davantage, je saluai et me préparai à disparaître. Mais il me fallut auparavant, tout ruisselant et piteux que je fusse, subir les protestations de gratitude de la mère, qui me tendit sa carte où je lus : Comtesse d'Embly.

» — Moi, je m'appelle Françoise et je vous remercie, me dit la charmante enfant d'un air mutin, en me tendant sa petite main humide.

« Je laissai ces dames prendre de l'avance pour regagner l'hôtel, où j'arrivai moi-même, quelques instants après, fait comme tu peux penser et très tourmenté de sentir dans ma poche ta lettre toute fripée et presque indéchiffrable. Si elle n'est, très prochainement, remplacée par une autre, je suis capable de ne m'en consoler jamais et de laisser désormais les jeunes filles écervelées barboter dans les rivières.

« Je passe sous silence les exclamations de ma mère, à qui je donnai de vagues explications, — un accident ridicule, — sans mettre en jeu Mme d'Embly et sa fille. Mais j'avais compté sans le déjeuner à table d'hôte où, par un fait exprès, nous nous trouvâmes voisins de ces dames.

« Dieu ! que les femmes sont insupportables de ne pouvoir tenir leur langue ! Cinq minutes plus tard, maman savait tout, l'incident avait pris des proportions colossales et, — les touristes sont heureusement peu nombreux, — j'étais le point de mire de tous les regards. Quant à Mlle Françoise d'Embly, ma voisine, ses beaux yeux limpides étaient obstinément fixés sur son sauveur.

« Je reste furieux de tout ceci et pourtant, en toute franchise, je ne saurais en vouloir à la chère enfant. Quand elle a appris ma prochaine entrée à Saint-Cyr, elle a battu des mains et s'est mise à bondir comme une folle. Cette petite vicomtesse adore le shako bleu-de-ciel et le casoar !... D'ici, j'aperçois nos deux mamans qui causent très amicalement et Françoise, de sa place, ne peut les entendre... Juste ciel ! pourvu qu'on n'élabore pas déjà des projets de mariage !... Car Mme d'Embly est veuve et, paraît-il, assez riche. Sa fille est capable de faire une exquise petite femme et je crois que, d'ici peu, il ne lui sera pas trop désagréable de se sentir aimée. Je t'avoue sans détours qu'elle en vaudra la peine !

« Mais, que vas-tu penser de tout ceci, ma chère petite Yamine ?... Je sais bien que nos conventions visent quelque chose de plus sérieux, ou plutôt de pas sérieux du tout... Et cependant, si mon cœur allait prendre feu à ce foyer d'incendie que me semble devoir être celui de Mlle Françoise !... La friponne ne veut plus partir et cent projets sont en train, dont celui de venir avec nous à Trieste... Il a suffi de quelques heures pour que maman soit conquise par la mère comme par la fille et mon père a laissé au vestiaire la défiance envers les inconnus, qu'il emporte toujours en voyage. Ma parole, on dirait même qu'il a un petit air goguenard en me regardant et en souriant sous sa moustache !

« Que faire? Ecris-moi, conseille-moi !... Mais, avant tout, rassure-toi !,.. j'aurais dû commencer par où je finis et te dire que Mlle d'Embly n'a que quinze ans !... Elle est donc trop jeune encore pour pouvoir faire emploi de mon cœur et si tu voulais, toi, tu en tirerais, j'en suis certain, un bien meilleur parti.

« Veux-tu, ma Yaminette très chère, me permettre de t'embrasser bien fort ! Je t'assure que Françoise n'a aucun droit d'en être jalouse... Va, je ne te laisserai jamais te noyer, toi non plus, et je voudrais tant ne jamais me noyer moi-même que dans les flots de tes magniques cheveux blonds. Le voudras-tu, un jour, dis Yamine?

« Georges. »

VII

Yamine lui répondit :

« Mon cher Georges,

« Grand fou, va ! Ton aventure m'a énormément amusée. C'est le doigt de la Providence ou du Destin, à ton gré. Cette petite Françoise d'Embly sera un jour ta femme. Je te le prédis et, si tu étais ici, je te le prouverais en le lisant dans ta main... N'est-ce pas ma destinée, à moi, de devenir vieille fille, de tirer les cartes et de déchiffrer l'entrecroisement des lignes de bonheur et de vie dans les paumes de mes amis ?

« Cultive la petite vicomtesse, je te le permets et je vais même jusqu'à t'y engager. Mais il est une chose que je ne te pardonnerais pas : ce serait, en attendant de t'éprendre de sa mère.

« Si la demoiselle n'est pas disposée à t'accaparer quand tu porteras le shako à casoar, il est possible que je lui passe tout le reste, même de t'épouser... plus tard. Tu ne manqueras certainement pas d'élégance dans ton uniforme de Saint-Cyr et c'est pourquoi je me réserve ton bras de temps à autre. S'il était nolisé sans partage par Mlle d'Embly, je protesterais.

« Laisse donc causer ta mère avec la comtesse : il en sortira sans doute quelque chose de bon pour toi. Et tu n'as pas à t'effaroucher si vite, le feu n'est pas à la maison. Il se passera au moins quatre ou cinq ans avant que l'oiselette ait les ailes assez longues : laisse-la s'essayer à roucouler autour de toi. Le jour où elle sera devenue experte en cet art, elle te le dira sans doute et probablement ne viendras-tu pas me le raconter.

« En ceci, d'ailleurs, tu aurais tort. Mais nous n'en sommes pas là. Tu n'es encore que l'embryon d'un beau militaire et d'un vertueux époux et tu vas partir pour Trieste, à la remorque de charmantes tresses blondes.

« C'est à ces cheveux là que tu dois penser, et non

aux miens. A ce propos, tu me dis une bien grosse sottise et je te trouve d'une rare imprudence... Imagine-toi qu'au lieu de te permettre, — la demande que tu m'en fais n'aurait rien de bien dangereux pour toi, — de te noyer dans les flots de ma chevelure, imagine-toi seulement qu'il me prenne la fantaisie de te les passer autour du cou comme un collier,.. Sans *doute*, tu proclamerais tout d'abord que ce collier ne t'est pas trop désagréable... Mais combien vite il te semblerait un odieux carcan, surtout lorsque, dans trois ou quatre ans, Mlle Françoise d'Embly pourra revendiquer pour elle seule le droit de t'entourer le cou de ses propres cheveux, en même temps que de ses deux bras blancs.

« Il ne faut donc plus songer à cela, mon cher Georges, et ne plus songer autant à moi. Tu voudrais que je te dise pourquoi ta pensée se reporte si souvent vers ta meilleure amie... que veux-tu que je te réponde et que me répondrais-tu, toi, si je te retournais la question?... L'un comme l'autre, nous risquerions de mal conclure et mieux vaut nous taire sur ce sujet.

« Quant à utiliser ton cœur, à quoi veux-tu bien qu'il me serve, puisque tu viens d'en trouver l'emploi?... Va, ne rêve pas de choses impossibles et, puisque tu as su repêcher une jeune fille juste à point pour qu'elle fît plus tard ton bonheur et le sien, bénis le plongeon qui te l'a donnée et prends garde que maintenant elle s'envole!

« Et comme votre cœur va brûler, Monsieur, épargnez-m'en les étincelles !

« YAMINE. »

Désormais, entre elle et lui il y avait donc... une autre ! Ceci demandait réflexion et pouvait arrêter tout court Yamine sur la voie où, la veille, elle avait presque résolu de s'engager.

A vrai dire, elle en fut un peu émue, pas trop. Il ne lui était jamais venu à la pensée de se mettre quelque jour en travers d'un mariage et même elle avait conjecturé qu'elle s'inclinerait très volontiers devant cette nécessité quand le moment en serait venu. Or, jusqu'à ce jour, cette alternative lui avait paru si éloignée qu'elle avait cru tout à fait inutile d'approfondir la question. Mais voici que celle-ci se posait d'elle-même, et avant que Yamine eût pris une décision. L'épilogue devançait, pour ainsi dire, les préliminaires.

Il lui fallait donc, malgré elle, au moins discuter une situation qui se présentait sous un jour aussi imprévu et, grâce à son esprit positif, elle jugea bon de ne point se dérober à cette discussion.

Bien certainement, si la solution eût dû être immédiate et que le mariage de Georges eût été fixé à quelques mois, Yamine eut instantanément porté le fer rouge dans le vif de la plaie. Rien que d'y penser elle en éprouva quelque souffrance et put se convaincre de ce qu'elle eût réellement souffert si les choses se fussent passées ainsi. En même temps, elle comprit que son amour n'avait rien de superficiel et qu'il la dominait assez pour l'obliger à lui obéir.

Jusqu'à ce jour, la vie lui avait refusé l'insigne faveur d'être aimée. Révoltée contre cette injustice du sort, elle s'était résolue à forcer cette faveur, quoi qu'il dût lui en coûter. Le bonheur auquel elle aspirait, et qui lui semblait un droit, avait cessé de lui paraître payé trop cher par le sacrifice de sa pudeur et de sa vertu. Elle avait d'ailleurs rencontré le seul homme qui méritât ce sacrifice d'elle-même, et peut-être le seul qui le lui demanderait et l'apprécierait à sa valeur. Si elle ne le lui accordait pas, si elle refusait un bonheur dont elle-même avait soif, il était presque certain que l'occasion ne se représenterait plus.

Ce bonheur, — elle le savait, — serait complet, car elle se donnerait toute. Il dépendrait d'elle surtout d'en exalter la puissance, et certes elle n'y faillirait point. Toutefois, elle n'ignorait pas que la durée en serait limitée et qu'elle-même devrait en marquer le terme. Ceci aurait lieu quand Georges serait en situation de se marier et avant qu'elle-même eût atteint l'âge où une maîtresse, en cessant d'être jeune, cesse aussi d'être aimée.

Ainsi, la rencontre du jeune homme avec une enfant qui pouvait être d'ores et déjà considérée comme une fiancée lointaine, ne devrait modifier en rien les projets de Yamine. Elle voulait tenir de Georges le seul amour qui dût fleurir sa vie. Dès que l'heure en serait venue, elle-même remettrait à tout jamais l'époux prédestiné à celle qui l'attendait et qui lui devrait de la reconnaissance pour ce qu'elle aurait empêché le jeune homme de semer au vent de la luxure et de la débauche sa jeunesse et sa force. Si elle ne le lui donnait pas vierge, du moins, le lui livrerait-elle indemne de toute souillure physique et morale. Quant à elle, elle s'enfermerait dans le souvenir de ce qui lui aurait été une joie suffisante pour toute son existence, et puis, elle laisserait couler ses jours, à la grâce de Dieu !

Sa logique étant ainsi fortement étayée, elle continua de recevoir les lettres de son jeune ami et d'y répondre. Sans rien lui promettre, car elle ne voulait pas devancer l'heure qu'elle s'était fixée à elle-même, elle le tenait néanmoins en haleine et certaines phrases nées sous sa plume aiguisaient encore la passion contenue qu'elle voyait croître graduellement chez son correspondant.

Elle savourait aussi la satisfaction de songer que la liaison qui se préparait et qui, vraisemblablement, durerait plusieurs années, ne ressemblerait en rien à toutes celles où s'avilissent, se traînent ou se meurtrissent telles jeunes femmes ou jeunes filles. Il n'y aurait là rien qui pût se comparer aux hontes de l'adultère, ni à la surprise des sens, ni au vice, ni même à l'astuce de ces fausses candides qui se compromettent sciemment et se livrent, au besoin, pour acquérir la certitude d'être épousées.

De la part de Yamine, il ne pouvait y avoir ni réticence, ni calcul, mais le don libre, loyal, complet, de la vierge amoureuse à l'amour vainqueur !...

VIII

Septembre vint et la jeune fille était dans les dispositions d'esprit qu'on vient de voir quand elle prit le rapide pour aller rejoindre en Bourgogne ses amis, qui y étaient installés depuis deux jours.

C'était à Val-Suzon, délicieux petit site qui semble une miniature de la Suisse et sert de but aux promenades estivales des Dijonnais. Au fond de la gorge étroite est groupé le village, propre et coquet ; puis, c'est une longue et mince bande de verdure, à travers laquelle serpentent ou s'allongent deux rubans d'argent : le ruisseau de Sainte-Foy et la route de Messigny. Et la perle enchâssée dans cet écrin, c'est la Fontaine de Jouvence, à laquelle viennent boire les amoureux, ceux qui le furent et ceux qui désirent l'être... Coin charmant, entouré d'escarpements à pic, de collines boisées où poussent, vigoureux, les chênes et les hêtres ; solitude peuplée d'échos qui, dès les beaux jours de printemps, s'éveillent pour répéter à l'infini les rires et les chansons des gaies bourguignonnes au cœur chaud.

Charles Dangé avait à Val-Suzon une maison modeste, simplement montée pour y passer chaque année un ou deux mois de vacances ou de chasse.

Yamine y était venue déjà ; elle savait devoir y

retrouver la vraie campagne qui lui plaisait tant, la paix des beaux soirs silencieux, les causeries avec les paysannes, le bon lait frais et parfumé, quantité de choses enfin qui la charmaient par leur simplicité même. Elle y retrouverait aussi et surtout ses amis excellents, prêts à lui faire un cordial accueil et, là elle passerait auprès d'Alice de calmes et bienheureuses journées.

Mais peut-être, cette fois, avait-elle plus de hâte encore de revoir tout cela. Tout le long du trajet, l'image de Georges se présentait à elle, obsédante, un peu inquiétante aussi. Ce grand garçon, qui emmagasinait depuis un long mois des aspirations de volupté dont elle était l'objet, aurait-il assez de force de caractère et d'empire sur lui-même pour ne rien en laisser voir ?

Et elle-même ! .. Combien sa situation allait être délicate et son rôle difficile !... Tour à tour, sous peine d'aller très vite et peut-être très loin, il lui faudrait reprendre le lendemain ce qu'elle aurait accordé la veille. Sans doute, le jeune homme lui tendrait des pièges, s'ingénierait à l'attirer à l'écart, ne ferait mine, parfois, de se soumettre à ses volontés que pour revenir après, plus entreprenant. Et si, dans un brusque élan de passion, il avait l'audace de pousser l'attaque et de forcer la victoire, serait-elle capable de résister, de lutter avec avantage ?... Elle n'en était pas très sûre.

Même, dans ce cas, il ne lui serait pas possible de le fuir. Quelle raison plausible pourrait-elle en donner qui n'éveillât point les soupçons du père et de la mère ? Il faudrait que, trente jours durant, elle vécût avec cette certitude du danger tout proche, auquel elle ne voulait pas succomber et qui, pourtant, mettait dans tout son corps à l'avance un voluptueux frisson.

Elle se demandait si elle n'eût pas mieux fait de ne pas venir et, en même temps, elle se répondait à elle-même dans un ordre d'idées tout différent. En effet, elle sentait tout ce qu'aurait de délicieux pour elle le désir passionnel qui allait l'envelopper, la faire passer sans cesse de l'espoir à l'émoi, cet appel de la chair qu'elle s'efforcerait de ne pas entendre et qui, quand même, parlerait très haut, sans répit jusqu'à ce qu'elle écoutât.

Quelle âme compliquée que celle de cette petite Yamine ! D'une part, des réticences farouches, les derniers spasmes d'une vertu aux abois, qui cherche à se raccrocher aux principes de la morale, de la religion, avec la conscience, d'autre part, qu'elle cédera, mais à son heure !

Perversité native, pourrait-on croire ?... Non, certes... Elle est perverse, elle est vicieuse, la femme qui parfois aime son mari et que la curiosité malsaine, l'oisiveté, le détraquement de l'esprit et des sens, poussent dans les bras d'un amant ; elle est perverse, la jeune fille qui, sachant où elle va, se laisse conter fleurette de trop près et ne se défend que pour la forme ; perverse encore celle qui a bien su choisir le partenaire le plus propre à la lancer dans la vie irrégulière ; perverse toujours la demi-vierge qui côtoie de si près l'initiation complète qu'un demi-baiser de plus et rien d'elle ne resterait vierge.

Chez Yamine, au contraire, le corps ne devait pas s'offrir le premier, mais le cœur. Elle n'était pas assez sotte pour croire que tous deux ensemble ne devraient pas un jour marcher de compagnie. Ce serait alors le condiment, la résultante obligée dont la réalisation ne l'effrayait point, puisque tant d'autres commencent par là et appellent cela le bonheur. Le mariage est-il autre chose, alors que les époux ne se connaissaient pas la veille, ou si peu, et commencent par l'œuvre de chair, avant de savoir s'il ne leur sera pas impossible de s'aimer jamais ?

Yamine se prétendait supérieure à eux en ce qu'elle voulait savourer d'abord l'amour du cœur et ne concéder le reste qu'après avoir acquis la certitude d'être aimée et de ne plus pouvoir refuser ce que toute autre eût donné dès l'abord.

La jeune fille consulta sa montre. Dans un petit quart d'heure elle arriverait en gare de Dijon, où l'attendaient ses amis. Elle se représenta ce grand fou de Georges faisant en ce moment les cent pas sur le quai, tout à l'heure courant de la tête à la queue du train pour l'apercevoir et la cueillir dans ses bras vigoureux.

Plus que cinq minutes, puis trois, puis deux. Yamine, un peu émue, passa sa tête à la portière et, tandis que les roues du convoi s'immobilisaient, dans un arrêt brusque, elle aperçut Georges qui la cherchait des yeux.

IL S'ELANÇA VERS ELLE...

Lui aussi la vit et s'élança vers elle. Avant qu'elle eût touché terre, deux ou trois baisers résonnèrent, dont l'un s'égara dans le cou, un peu au-dessous de l'oreille, s'attardant sur la peau fraîche.

— Alice ? ton père ?... demanda la jeune fille.

— Excuse-les... mon père est à Semur, à l'ouverture de la chasse ; il doit rentrer demain matin... Quant à ma mère, elle prépare tout pour te recevoir. Je suis seul, et c'est tant mieux...

Elle fit une petite moue.

— Cela te contrarie de ne trouver que moi à ta rencontre ?... lui demanda-t-il avec un peu d'inquiétude dans la voix.

— Oui et non, répondit-elle en le regardant dans les yeux. Cela dépendra de toi...

— Parfait, je comprends, répliqua-t-il en riant... Le principal est que tu n'en veuilles pas à mes parents : le reste me regarde. Partons.

Il lui enleva sa valise, fit charger sa malle et l'installa en voiture. Puis il saisit les rênes et s'écria joyeusement : En route !

Bientôt ils furent hors de la ville, sur la route bordée de vignes aux ceps lourds de grappes noires. Il leur faudrait plus d'une heure pour atteindre Val-Suzon et lui ne semblait pas disposé à pousser son cheval pour abréger le trajet. Mais le silence gardé par Yamine l'intimidait ; il se bornait à la regarder à la dérobée, retenant au bord de ses lèvres les mille choses qu'il avait à lui dire.

Elle s'amusait de le voir ainsi troublé, mais se gardait bien d'en rien laisser paraître. Et, pour se donner une contenance, Georges, de temps en temps, cinglait d'un coup de fouet son cheval qui bondissait dans les brancards, l'encolure ramenée par la pression du mors sur les barres.

Passé Talant, les yeux des jeunes gens se rencontrèrent et tous deux partirent d'un grand éclat de rire.

— Sommes-nous bêtes! s'écria Georges. Embrasse-moi, Yamine, et causons.

— Je veux bien, répondit-elle toute troublée. Parle-moi de Françoise d'Embly.

— Ah! non, dit-il, de toi d'abord... Laisse-moi te regarder : il y a si longtemps que je ne t'ai vue et je te retrouve plus belle encore...

— Hélas! soupira-t-elle. Combien de fois vas-tu me le dire pendant les quelques semaines que nous allons passer ensemble?... Et à quoi cela servira-t-il?

— A te prouver que j'ai fini par m'en apercevoir et que je ne donnerais pas cette découverte pour tout l'or du monde.

— Georges, parle-moi de ta fiancée; sinon, je redeviendrai muette... Elle est plus jolie que moi, n'est-ce pas?

— Halte-là! ne va pas blasphémer, je te prie!... Françoise est encore une gamine, comme tu pourras t'en assurer toi-même dans une quinzaine de jours. Ma mère a si bien fait que ces dames ont promis de venir passer une semaine avec nous.

— Vrai?... Comme je vais l'aimer, cette petite qui sera un jour ta femme...

— Bah!... mieux vaudrait commencer par aimer un peu celui qui pourra être son mari!...

Elle se rapprocha de lui, câline :

— Ne l'aimé-je donc pas déjà, beaucoup?... répondit-elle, Mais j'exige qu'il soit très raisonnable, très sage, et je lui défends de me parler d'amour, parce que ce serait quelque chose d'affreux s'il venait à m'aimer et si j'avais l'imprudence de l'aimer moi-même...

La chaleur était tombée. Ils étaient arrivés au bois du Chêne-d'Observe et, autour d'eux, montaient les parfums desarbres et des plantes. La transition rapide entre le brouhaha de Paris — prolongé par les trépidations du train, — et le calme de cette soirée d'été, eût suffi déjà à remplir Yamine d'un délicieux bien-être. Sa sensibilité nerveuse trouvait une autre source d'émotion dans le seul fait que Georges était près d'elle et qu'elle se sentait tout près de lui, dans un incessant frôlement. Sans qu'elle protestât, il venait de lui passer le bras autour de la taille et il la regardait. Il y avait dans ce regard une tendresse immense et tout, à l'entour, conspirait pour accroître son trouble : la poésie des bois, des champs, du soleil prêt à disparaître à l'horizon, de la brume légère qui commençait à courir au ras du sol. Elle se sentit envahie par un charme étrange et pénétrant et trembla que Georges le rompît en prononçant un seul mot.

Si, dans cette minute exquise, il se fût mis à lui

crier son amour, s'il l'eût pressée contre sa poitrine avec la violence d'une passion qui éclate, elle se fût révoltée, l'eût repoussé avec colère et lui eût sans doute gardé longtemps rancune d'avoir détruit l'impression douce et profonde qu'elle ressentait en ce moment.

Au contraire, dans son admiration muette, il l'enveloppait d'effluves où se fondaient leurs deux âmes. La tête sur l'épaule de son ami, elle s'abandonnait à une rêverie profonde à laquelle il n'osait l'arracher, ne se doutant point qu'elle était déjà conquise.

— Aime-moi, laisse-moi t'aimer, veux-tu, Yamine? lui murmura-t-il tout bas.

— Non... pas encore... balbutia-t-elle, inconsciente.

Mais soudain elle se rejeta en arrière en se mordant les lèvres :

— Nous sommes fous! fit-elle... Presse un peu ton cheval. Je crains de prendre froid dans ce brouillard qui s'élève.

— Tu m'as dit : Pas encore!... soupira Georges. C'est donc que je puis espérer...

— Moi?... j'ai dit cela?... interrompit-elle vivement... Tu as mal compris, ou bien c'est que mes paroles ne concordaient pas avec ma pensée.

— Tout triste, le jeune homme baissa la tête.

— Pourquoi, murmura-t-il, me retirer si vite une illusion aussi vague, mais qui, du moins, suffisait à me rendre heureux?... Crois-tu donc que pour cela je t'aurais poursuivie d'assiduités indiscrètes, que je t'aurais imposé un amour dont tu n'eusses pas voulu? Crois-tu que je veuille passer à tes yeux pour un être brutal, t'infliger la honte de désirs à peine déguisés, t'obtenir par l'obsession ou la surprise, et non de toi-même, de ta libre volonté, à l'heure que tu auras choisie? Que t'ai-je demandé, sinon que tu me permettes de te regarder, de te parler, de poser quelquefois mes lèvres sur tes cheveux, sur ton front, et de te dire que tu es belle?... Si tu me défends de te répéter que je t'aime, je t'obéirai; mais comment pourrais-tu m'empêcher de t'aimer?

Du bout de ses doigts elle lui ferma la bouche.

— Tais-toi, lui dit-elle, et ne sois pas triste. Nul ne peut répondre de son avenir, mais la raison doit guider le présent... Durant le temps que je vais passer chez tes parents, promets-moi de ne rien me demander, fût-ce le moindre baiser qu'il me faudrait te refuser; jure-moi de ne faire aucune allusion au sentiment dont il vient d'être question et qui, si nous avions la sottise de nous y abandonner sous le toit où l'on m'accueille avec confiance, serait pour nous une source de remords et de honte... Je suis bien loin de mépriser l'amour que tu crois avoir pour moi, mais c'est autre chose de l'accepter... Veux-tu me jurer de n'en plus parler désormais?

Georges poussa un profond soupir:

— Avant mon départ, dit-il, tu as exigé de moi une promesse que je t'ai faite volontiers et que j'ai tenue... Je ne la regrette pas, puisque toi tu as tenu la tienne et que te voilà. Aujourd'hui, tu en exiges une autre, et, bien qu'elle me semble cent fois plus pénible, je ne songe pas à te la refuser davantage...

— Peut-être voudrais-tu une compensation, comme pour l'autre?... C'est vrai, mon pauvre ami, que toutes mes volontés vont à l'encontre de tes désirs! Peut-être en sera-t-il encore bien des fois ainsi...

— Je ne puis vouloir autre chose que ce que tu veux...

— Qui sait si un jour je ne voudrai pas aussi ce que tu voudras toi-même?

— Ceci est une parole d'espoir, Yamine. Si tu voulais me promettre de ne pas la rétracter...

— Soit! Restons-en sur cette promesse et demeurons ce que nous sommes, frère et sœur... Pour tant qu'à présent, nous ne saurions trouver rien de mieux: au point où nous en sommes, c'est presque de l'amour, mais sans ses désillusions et sans ses dangers.

Ils se prirent les mains, leurs fronts se rapprochèrent et chacun d'eux effleura des lèvres la joue de l'autre. L'heure n'était pas encore venue des baisers qui grisent et font le bonheur ou le tourment de deux existences!

Il y eut un silence de quelques minutes après lesquelles la jeunesse et la gaieté reprirent le dessus, et ce fut en babillant que les jeunes gens atteignirent le village blotti au fond du vallon, dans la paix du soir.

Mme Dangé ouvrit ses bras à Yamine, ne se doutant guère qu'elle pressait contre sa poitrine un cœur en tumulte que, seuls, les devoirs de l'amitié empêchaient d'éclater.

IX

La petite maison de campagne des Dangé avait un aspect propre et coquet, mais sans aucun point de ressemblance avec les villas de carton qu'on voit dans la banlieue parisienne.

Elle était entourée d'un vaste jardin au bout duquel coulait le Suzon, sous un dôme de vieux tilleuls. L'eau d'une part, l'ombrage de l'autre, entretenaient sur le bord une délicieuse fraîcheur qu'on pouvait goûter en venant s'asseoir sur des bancs rustiques accotés aux arbres.

Yamine adorait ce refuge où elle aimait à passer, en compagnie d'Alice, les heures chaudes de la journée. Les deux amies s'y trouvaient si bien qu'elles refusaient souvent les promenades aux environs proposées par ces messieurs.

Georges tenait parole et non seulement il n'affectait auprès de Yamine aucune assiduité, mais encore elle le voyait très rarement le matin. Dès l'aube, il partait en chasse avec son père; mais quand celui-ci, chasseur infatigable, essayait de l'emmener l'après-midi, il résistait.

— Fais-toi des muscles, lui disait son père.

— Et des ampoules aux pieds, répondait-il en riant: merci, je reste...

Il se mettait à son aise, en bras de chemise, prenait un livre et souvent le lisait à haute voix. Il avait un timbre agréable, une façon originale de faire valoir certains passages, ceux surtout où il était question d'amour, mais sans jamais lever les yeux sur Yamine. Elle n'en comprenait pas moins qu'il les lisait pour elle et se laissait doucement bercer au rythme de cette musique en son honneur.

Parfois, le lendemain matin, elle revenait à l'endroit de prédilection où il lui avait lu de si douces choses et se les remémorait comme s'il les lui eut dites lui-même, à elle seule. Le romancier disparaissait à ses yeux, n'existait plus. Et, pour elle, ils étaient délicieux les instants passés à s'illusionner ainsi, au bord du ruisseau qui gazouillait à ses pieds.

Quelquefois, rentrant de chasse, le jeune homme venait la surprendre dans sa retraite et la tirer de sa rêverie. Il faisait irruption, avec des exclamations joyeuses, brandissant un beau lièvre de montagne à poil roux qu'il tenait haut, les chiens bondissant à l'entour. Elle, alors, faisait mine de s'apitoyer sur le sort de la pauvre bête; mais, en réalité, elle admirait la vigueur et la superbe prestance de son ami et finissait toujours par le louer de son adresse.

On reçut, un matin, une lettre de la comtesse d'Embly, annonçant son arrivée pour le lendemain. Le visage d'Alice s'éclaira, Dangé sourit, Yamine regarda machinalement Georges, et celui-ci fut le seul à ne manifester aucune joie.

Toute la journée, même, il se montra d'humeur

maussade, d'autant plus qu'il voyait sa mère et son amie bouleverser toute la maison. C'est qu'Alice avait confié tous ses projets à la jeune fille et que celle-ci les avait approuvés sans réserve.

Il lui prit bien envie de taquiner un peu Georges; mais, après réflexion, elle craignait de lui faire de la peine Elle demanda seulement qu'on l'emmenât à la gare, au devant de ces dames, car elle avait hâte de connaître Mlle Françoise d'Embly, dont elle voulait être la grande amie.

— Y songes-tu? répondit Georges. Le jour commencera à peine à poindre quand nous partirons et déjà les matinées sont fraîches.

— Bah! j'ai mon plaid, et nous ne sommes pas en Sibérie. D'ailleurs, ton père n'a pas donné son avis.

— Moi, répartit Dangé, mais je vous emmènerai très volontiers. Vous remplacerez Alice auprès de ces dames pour égayer le voyage et je suis sûr qu'elles en seront ravies. Quant au froid, Georges exagère. Nous trouverons le soleil en haut du plateau et, je je m'en porte garant, il fera une matinée superbe.

Le jeune homme ne souffla mot. D'abord mécontent, il ne tarda pas à revenir à des idées meilleures. Il songea d'abord qu'il laisserait à son père le soin de conduire, tandis qu'il ferait face, dans le breack, à Yamine qu'il pourrait contempler à loisir. Tous deux se souviendraient du jour récent où ils avaient fait le même chemin, seuls, se parlant de très près, s'avouant presque qu'ils s'aimaient. Il ne serait pas fâché non plus qu'elle fût là pour le décharger de la conversation avec Mme et Mlle d'Embly.

De plus, il serait curieux d'observer l'impression de ce premier contact entre Yamine et celle qu'elle s'obstinait à lui vouloir pour femme.

Tandis que, muet, il réfléchissait à toutes ces choses, son père lui demanda en plaisantant :

— Y aurait-il donc quelque brouille entre Yamine et toi?... Ou bien aurais-tu peur qu'elle accapare Françoise?

— Ah! grands dieux! ni l'un, ni l'autre!... Est-ce que nous pourrions nous brouiller jamais, nous deux?... Et ce n'est pas moi qui l'empêcherai de jouer à la poupée avec Mlle d'Embly... Sais-tu encore, Yamine?

— Hélas! je crois bien n'avoir jamais eu de poupée à moi!... Mais vous deux, vous pourrez jouer au mariage, et je tiendrai le rôle du maire... Au besoin même, je pourrais vous bénir et ma bénédiction en vaudra bien une autre...

— Maman ne t'aurait-elle pas soufflé ce moyen de nous exercer au mariage pour de bon? fit le jeune homme en riant.

— Je n'ai rien soufflé du tout, riposta sa mère, cependant le moyen ne serait déjà pas si mauvais.

Georges était redevenu très gai et les enfantillages se continuèrent encore quelques instants dans le jardin, baigné par la douce clarté de la lune. Mais il fallait, le lendemain, être debout de grand matin et chacun s'en fut coucher de bonne heure.

Yamine, dont l'aspect était si froid d'habitude, avait pris à la gare son visage gracieux et son air enjoué. Elle babillait avec Georges et, du talon, martelait le bitume, tant son impatience était grande de voir celle qui, très probablement, jouerait dans sa propre vie un rôle assez important.

Celle-ci apparut la première, dans une envolée de *jupes claires* et de cheveux blonds. Avec la liberté d'allures que lui permettaient ses quinze ans, elle sauta au cou de Georges, embrassa ensuite M. Dangé, et déjà elle se disposait à agir de même vis-à-vis de Yamine lorsqu'elle s'aperçut que ce n'était pas Mme Dangé. Elle rougit un peu, toute confuse, et balbutia :

— Oh ! pardon, Madame

— Embrassez-là aussi, s'écria Georges : c'est notre meilleure amie et vous allez faire ample connaissance.

Yamine, qui s'était déjà penchée, sentit un baiser un peu timide, mais franc, effleurer sa joue, et sa conviction fut qu'elle aimerait beaucoup cette petite.

Il y eut ensuite présentation, puis échange de poignées de mains avec la comtesse, et bientôt on se mit en route. Mais cela ne ressemblait guère au jour où Georges était venu chercher Yamine, car la conversation ne languissait pas entre les cinq occupants du breack.

Françoise d'Embly avait tout l'air d'un gentil petit écureuil en liberté. Avisant des vignerons en train de vendanger, elle les héla et demanda à acheter du raisin. D'abord, ce fut un grand gas, solide et bien bâti, qui se précipita, élevant à bout de bras son *benaton* jusqu'à elle, Mais un bon vieux, à la trogne rougeaude, un vrai vigneron de Bourgogne, s'interposa :

— Non, pas ceux-là, Mademoiselle. On les a jetés pêle-mêle dans le panier et les grumes n'ont plus leur duvet. Patientez seulement une petite minute et vous allez voir...

Il s'enfonça dans les rangées de ceps, son vieux dos courbé, en quête comme un chien d'arrêt. Et délicatement, une à une, au bout de ses doigts calleux, il rapporta des grappes superbes, encore humides de rosée et dont chaque grain, gonflé de jus, était recouvert de ce léger duvet blanchâtre que le moindre attouchement fait disparaître.

Françoise, comme un moineau franc, se mit à piquer les grumes du bout de ses doigts roses et chacun dut en faire autant. Elle riait, elle était heureuse, et Yamine était très contente de la voir ainsi, simple et gaie, assurément bonne.

La fillette tira de sa poche une petite bourse d'or, s'apprêtant à demander au vigneron combien elle lui devait. Mais, toute la figure du bon vieux s'était éclairée d'un sourire :

— Vous n'êtes pas du pays, mam'zelle, dit-il. Un vigneron ne fait jamais payer à un chemineau qui passe la grappe qu'il lui demande... Et quand ce sont de belles dames, il offrirait plutôt sa vigne...

Il est maints salons où les compliments sont plus

mal tournés. Cependant Françoise d'Embly ne voulait pas être en reste d'amabilité et, dans un geste spontané et gracieux, elle avança la main et la posa entre les gros doigts rugueux du brave homme où elle disparut complètement. En même temps, elle le remerciait bien gentîment, avec tant de douceur et de sincérité que le vieillard en semblait tout ému et tout fier.

On se remit en marche et les explosions de gaieté continuèrent. Françoise était un vrai bout-en-train et Georges lui donnait la réplique. Quant à Mme d'Embly, elle avait été d'abord surprise de la familiarité qui existait entre Yamine et le jeune homme et du tutoiement qu'ils employaient. Toutefois, et d'autant plus que la première lui plaisait, elle n'avait pas cru devoir s'en inquiéter. D'ailleurs, les femmes sont expertes à deviner l'âge des autres femmes et la comtesse avait reconnu bien vite que celle-ci était une amie de Mme Dangé, plus encore que de Georges.

Mlle d'Embly, dès qu'elle eût sauté de voiture, commença à s'extasier. Elle trouvait le Val-Suzon plus joli que la Souabe et que le Tyrol, plus joli que tout ce qu'elle avait vu jusqu'alors. A vrai dire, elle s'y fut peut-être mortellement ennuyée si Georges n'eût point été là, auprès d'elle. Avec sa belle petite âme toute neuve, elle s'était violemment attachée à ce grand garçon et, très ingénue, très naïve, elle parlait avec un grand sérieux et sans rougir le moins du monde de l'époque où il deviendrait son mari.

Elle lâchait ainsi les pires énormités, très surprise qu'on s'avisât d'en rire.

De ce jour, on put dire adieu au repos et au calme. Dès le lendemain, il fallut la conduire à la fontaine de Jouvence. Elle ne faillit point s'y noyer, mais elle trébucha, glissa un pied dans l'eau et se mouilla jusqu'au genou. Elle partit d'un franc éclat de rire et déclara qu'elle resterait là tant que Georges ne viendrait pas l'aider à en sortir. Celui-ci la prit alors par les deux coudes, qu'elle tenait collés à son corps et la souleva comme une plume. Mais, tandis qu'il la laissait redescendre à terre, elle en profita pour effleurer de sa joue la moustache naissante de son ami.

On battit ainsi tous les environs : la Roche-Tabot, la Fontaine-aux-Chats, les sources de la Seine. On déjeunait sur l'herbe, en quelque clairière, et Mlle d'Embly mettait dans la petite société tant d'animation que, le soir, tout le monde rentrait grisé de joie et d'air.

Yamine, gagnée par l'exemple, avait secoué sa froideur coutumière et rivalisait de folie avec sa jeune amie. Quant à Georges, complètement déridé, il se laissait aller à toute l'exubérance de sa forte jeunesse, si bien que tous les échos des combes, — et ils sont nombreux, — répétaient à l'envi ses chansons de chasse lancées à pleins poumons.

Les jeunes filles s'étaient liées très vite et Yamine semblait prendre à tache de rapprocher encore Françoise et Georges et de les pousser dans la voie qu'on désirait leur voir suivre.

Elle n'avait pas besoin, d'ailleurs, de beaucoup d'observation pour se rendre compte qu'elle était toujours et de beaucoup la préférée. Elle en éprouvait une profonde satisfaction intime, ainsi qu'une grande tranquillité de se sentir, tant qu'à présent, à l'abri de toute tentative amoureuse de la part du jeune homme. Si bien qu'aucune susceptibilité ne pouvant être éveillée, tout le monde se trouvait parfaitement d'accord et se donnait du plaisir à cœur joie.

X

Un matin, Yamine aperçut Mlle d'Embly tout au fond du jardin, adossée à un arbre et rêveuse.

Celle-ci, entendant des pas crier sur le sable, tourna brusquement la tête, se glissa derrière les massifs et disparut.

Yamine, intriguée, ralentit sa marche et fit le tour du jardin, mais sans y retrouver Françoise, qui cependant ne pouvait rentrer à la maison sans être aperçue.

Il n'était guère probable que la fillette eût cru devoir se cacher de sa grande amie parce que celle-ci l'avait surprise à rêver à Georges : car, sans aucun doute, elle n'était point occupée d'une autre personne. D'habitude, elle n'en usait point ainsi à son égard et, bien au contraire, elle se plaisait à parler de lui avec sa franchise naïve, qui amusait beaucoup Yamine.

Celle-ci s'étonnait donc fort de ce brusque revirement quand elle aperçut la jeune fille assez loin dans la prairie, affectant de poursuivre un papillon et se baissant de temps en temps pour cueillir une fleur des prés. En réalité, ce petit jeu n'avait pour but que de s'éloigner de Yamine et de constater de temps en temps, d'un coup d'œil lancé à la dérobée, la distance qui l'en séparait.

Une petite porte rarement fermée parce que ces messieurs y passaient d'ordinaire pour aller en chasse ou pour en revenir, donnait accès dans la prairie. C'était par là que Françoise s'était dérobée, et Yamine piquée au vif, résolut de la suivre.

Plus elle avançait, plus Mlle d'Embly s'acharnait à la poursuite des papillons, qu'elle n'atteignait jamais d'ailleurs. Cela eût pu durer longtemps ainsi si elle ne se fût trouvée en présence d'une courbe du Suzon sur laquelle aucune passerelle n'était jetée.

Yamine, connaissant ce détail, se mit à sourire. Un moment même, elle crut que la fugitive allait prendre son élan et sauter de l'outre côté, au risque de rééditer son exploit de la rivière de Willingen et de la fontaine de Jouvence. Mais Françoise songea sans doute qu'il valait mieux, en l'absence de Georges ne point tenter une aventure qui finirait aussi par devenir ridicule à se répéter trop souvent.

Elle prit le parti de s'arrêter et se mit, avec un empressement exagéré, à composer un bouquet de fleurs cueillies au hasard.

— Eh bien ! lui cria Yamine, je vous tiens, cette

ET POUR QUI CE JOLI
BOUQUET

fois .. Savez-vous qu'ici il est très difficile de jouer à cache-cache avec moi, car il n'est pas un recoin que je ne connaisse...

— Mais j'ignorais que vous alliez me suivre, répliqua Mlle d'Embly, avec cette gêne qu'on éprouve en disant un petit mensonge.

Les femmes un peu plus âgées, il est vrai, n'éprouvent point cette gêne, tant il leur paraît naturel de mentir. Mais, à sa louange, Françoise n'en était pas encore là et se rendit très bien compte qu'elle parlait contre sa pensée.

Yamine, qui le lisait fort bien aussi dans ses yeux, ne parvenait pas à s'en expliquer les raisons, ce qui l'engagea davantage à vouloir les connaître.

Et pour qui faites-vous ce joli bouquet, mignonne? demanda-t-elle.

— Mais... pour personne... Pourquoi me demandez-vous cela ?

— Pour vous aider, tout simplement. Vous savez fort bien que les fleurs ont leur langage. Il est donc très facile d'en composer un bouquet qui parle, pour ainsi dire, à celui à qui on veut l'offrir...

— Je l'ignorais...

— Que non, ma chère enfant... Avouez que vous pourriez choisir indifféremment les mêmes fleurs pour votre mère, pour Mme Dangé, et peut-être aussi pour moi ; mais qu'il ne saurait en être de même si vous les destiniez à un jeune homme... à Georges par exemple.

A cette attaque directe, Mlle d'Embly se redressa et répliqua d'un ton un peu sec :

— Rien ne dit que ce bouquet soit pour Georges...

Yamine comprenait de moins en moins cette sorte de révolte dans l'esprit de la jeune fille. Elle résolut donc de ne pas la brusquer et d'employer au contraire la douceur pour sonder ce petit cœur devenu si inopinément irascible.

— Eh bien, qu'importe ? reprit-elle. Voulez-vous me permettre de vous apprendre ce que vous prétendez ne pas savoir ? Cela vous sera toujours utile un jour ou l'autre. Prenons donc que ce bouquet n'ait pas encore de destinataire et passez-le moi. Je constate d'ailleurs que, tel quel, il est d'un très joli effet et que vous avez fort habilement groupé vos boutons d'or. Cependant, voici de ces choses qu'on ne met jamais, parce qu'elles ont une signification désagréable.

Françoise, qui avait d'abord hésité, tendit la gerbe à sa compagne et celle-ci reprit :

— Ce sont là de petites fautes qu'on évite avec un peu d'expérience. Supposez-donc que vous ayez à composer un bouquet de fleurs des prés pour... mettons pour un fiancé, voulez-vous ?

— Pourquoi pas ?... fit Mlle d'Embly en rougissant un peu.

— D'accord... Voici précisément une touffe de myosotis qui se trouve là à souhait et que nous allons saccager pour former le fond de notre gerbe. Ces petites fleurs bleues sont légères, d'un ton très doux, un peu de la couleur de vos yeux, il me semble.

Françoise baissa ses paupières pour voiler les prunelles, mais Yamine ne se démonta pas pour si peu et continua :

— Vous connaissez, à n'en pas douter, la signification des myosotis...

— Je crois la connaître. On les appelle des : *Plus je te vois, plus je t'aime*, ou encore : *Pensez à moi !...* Ce sont les *Vergiss mein nicht* de l'autre côté du Rhin.

— Bravo !... Vous allez jusqu'à l'érudition, mamie, vous qui prétendiez ne rien savoir.

Puis, de ci, de là, elle continua la cueillette, en expliquant le sens de chaque fleur et la façon de marier les couleurs. Et, quand elle eût achevé le bouquet, elle le tendit à Françoise en lui disant :

— A présent, ma chérie, vous n'avez plus qu'à aller l'offrir.

Le visage de Mlle d'Embly, demeuré jusque-là impassible, prit une expression plus douce. Ses yeux erraient du bouquet qui lui emplissait les bras, aux yeux de Yamine souriante. On devinait que la fillette avait quelque chose à dire, mais qu'elle n'osait pas, ou ne voulait pas encore le dire.

Mais voilà que, brusquement, son hésitation s'évanouit. Sans souci du bouquet si savamment combiné et qui roula et s'éparpilla sur l'herbe, Françoise se jeta dans les bras de son amie, se blottit contre sa poitrine et, d'une voix entrecoupée de sanglots, se mit à répéter :

— Oh ! pardon !... pardon !...

— Vous pardonner quoi ?... fit Yamine interloquée... Qu'avez-vous, ma chère petite, et que signifie ce gros chagrin ?

— Oh ! si vous saviez...

— Mais quoi donc ?... Qui vous a fait de la peine ?... Serait-ce moi, sans m'en douter ?...

Mlle d'Embly baissa la tête, ne se décidant pas à parler. Enfin, elle risqua l'aveu qui jaillit de son petit cœur désemparé.

— Oui... vous... lui... je ne sais pas, balbutia-t-elle... Pardonnez-moi, Yamine, mais je suis jalouse...

— Jalouse... de moi ? s'écria Yamine en riant... Et pourquoi ?

— Promettez-moi que vous me pardonnerez et que vous ne lui direz rien de ceci, à lui...

— Oh ! bien volontiers... Mais de quoi s'agit-il donc, grand Dieu ?

Sans oser encore relever la tête, la pauvre enfant fit sa confession.

La veille, Georges, tout triomphant, était rentré de la chasse rapportant un superbe chevreuil. Ces dames étaient au jardin et, sans paraître faire attention à Françoise, — ce qui avait été bien involontaire de sa part, — il avait déposé la bête aux pieds de Yamine, comme s'il eût voulu lui en faire hommage.

Un instant après, pour rentrer à la maison, c'était à celle-ci encore qu'il avait offert son bras. Et Françoise les suivant des yeux, — lui, guêtré, bien pris dans son costume de chasse, vrai Nemrod vigoureux et fort, elle souple et gracieuse à son côté, — Françoise avait senti tout à coup, en présence de ce couple si beau, sourdre en elle un sentiment nouveau, ignoré d'elle jusque-là, qui lui avait produit comme une morsure au cœur.

Une partie de la nuit, elle avait creusé cette idée, se demandant pourquoi cette jeune fille qui tutoyait Georges, pour laquelle il avait des attentions si marquées et une indiscutable affection, se trouvait en travers de sa route, à elle, Françoise d'Embly ?

Certes, à quinze ans, sa jalousie ne pouvait rien avoir de commun avec celle d'une femme plus âgée, ni présenter rien de durable. Mais elle était d'autant plus violente que cette enfant était incapable de la raisonner. D'ailleurs, les fillettes d'aujourd'hui ne sont-elles pas de petites femmes ayant déjà, non point les vices, mais les caprices et bien des défauts des grandes ?

— Depuis hier, dit-elle je vous détestais ; j'avais pour vous presque de la haine !... J'aurais voulu que vous partiez, qu'il vous arrivât je ne sais quoi...

— Et maintenant?... demanda doucement Yamine.

— Maintenant, je ne vous en veux plus ; je viens de reconnaître que j'étais folle... Si vous l'aimiez, vous aussi, vous ne m'auriez pas fait ce bouquet pour que j'aille le lui porter... C'eût été trop méchant de lui dire, quand je le lui aurais offert, que vous me l'aviez mis vous même dans les mains, et je suis sûre que vous ne feriez pas cela ! J'ai été mauvaise, bien mauvaise à votre égard, mais cela ne m'arrivera plus, je vous le jure...

Yamine la prit dans ses bras, elle-même très émue du chagrin cette enfant, de ce sentiment si vrai qui avait fait naître un peu de haine dans ce petit cœur débordant d'un amour innocent et profond.

Elle songea en ce moment qu'un jour, bientôt peut-être, Françoise pourrait avoir le sujet d'être jalouse d'elle, si jamais elle pouvait savoir. Mais jamais elle ne saurait rien et Yamine, dans tous les cas, était plus que jamais décidée à garder de l'amour des autres femmes celui qui serait le mari de Françoise. C'était une singulière morale, il est vrai, puisqu'elle devait faire dévier à son profit, — et son immoralité à elle en étant la condition, — le trop plein de sève que le jeune homme irait sans doute semer ailleurs. Mais, du moins, n'en aurait-il jamais aucun remords, puisqu'elle même l'aurait voulu ainsi et qu'elle en aurait tiré autant de bonheur qu'elle lui en aurait donné.

Elle embrassa tendrement la jeune fille et lui dit, d'une voix très sérieuse et très ferme :

— Ecoutez, ma chère et bonne Françoise, quoi qu'il arrive, quoi qu'on vous dise, ne soyez jamais jalouse de moi... Votre petit cœur ne comprend qu'à moitié ce qu'est l'amour, et cependant vous aimez Georges et vous l'aimerez plus encore dans quelques années... Vous serez certainement sa femme et comme aujourd'hui, le jour où vous l'épouserez, vous n'aurez pas d'amie plus sûre, plus fidèle que moi... Je vous le répète donc encore, Françoise, et vous le dis comme si je parlais à quelqu'un qui ait mon âge, car vous me comprenez : jamais, au grand jamais, ne soyez jalouse de celle qui veut vous voir heureuse avec lui...

Elles s'étreignirent un instant, sans plus rien dire ; puis elles se mirent à reconstituer le bouquet épars et Mlle d'Embly s'en alla le porter à Georges.

— Et vous savez, ajouta-t-elle, c'est Yamine qui a choisi les fleurs. Je n'y entendais rien, mais elle m'a appris à connaître leur langage. A présent, vous n'avez plus qu'à lire...

Elle se sauva et vint rejoindre son amie. Toutes deux, les mains enlacées, se tenant par la taille, semblaient marquer ainsi leur volonté de s'en aller dans la vie, côte-à-côte et étroitement unies.

XI

— Veux-tu Yamine ?

C'était Georges Dangé qui parlait ainsi, un mois plus tard le jour de sa première sortie en Saint-Cyrien. Et l'uniforme, à vrai dire, lui seyait à ravir, le faisait paraître plus élancé, plus homme encore.

Il ferait, certes, un excellent cavalier, car ce qui lui souriait, c'était la vie d'homme de cheval, le mouvement, les grandes allures, les obstacles et la charge.

Il n'avait aucune envie de traîner ses guêtres, plus tard, dans la poussière des routes, ni d'aller passer au café d'interminables heures. Un cavalier, au contraire, ne s'ennuie jamais. S'il a un moment de liberté en dehors du service, il saute en selle, enfile un sentier, dans les champs, à travers bois, où le mène sa fantaisie. Il n'est jamais seul : son cheval est un compagnon qui, comme lui, a son intelligence et sa volonté. Parfois même ce sont des luttes entre l'homme qui doit rester le maître et l'animal qui ne veut pas céder. Puis, tous deux retombent d'accord et redeviennent camarades.

Toutefois, ce n'était pas à cela que songeait Georges en ce moment où il avait assez de contempler et d'admirer Yamine.

Que lui demandait-il donc, d'une voix si douce qu'elle était presque une caresse, d'une voix si émue qu'elle tremblait quelque peu ?

Tout fier de lui montrer son uniforme neuf, il n'avait pu résister au désir de venir la prendre pour la ramener dîner chez ses parents. Il était entendu pourtant qu'elle y viendrait, invitée avec la comtesse d'Embly et sa fille. Mais le jeune homme avait réfléchi qu'aussitôt après le déjeuner il pourrait fort bien aller la surprendre chez elle, l'emmener en voiture faire un tour au Bois et la ramener vers cinq heures chez son père.

Précisément, le temps était sec et l'air vif. Elle serait charmée de voir les nouvelles toilettes d'hiver et les mondaines, rendues plus jolies et plus fraîches par la brise d'automne, emmitouflées dans leurs fourrures au fond de leurs victorias.

Il était donc venu et les compliments de Yamine sur sa belle allure l'avaient mis d'humeur plus gaie encore. Il se sentait si heureux qu'il eût voulu étreindre le monde entier dans ses bras et ne l'ayant pas à sa disposition, il s'était contenté, avec non moins de joie, d'embrasser Yamine comme un fou.

Celle-ci avait accédé aussitôt à ce projet de promenade à deux et n'y avait fait qu'une objection :

— C'est que je ne suis pas prête :

— Prépare-toi, alors.

— *C'est* vrai... Ce sera vite fait...

Pas prête ?... Etait-ce bien le mot ?... Elle était vêtue d'un coquet peignoir bleu, coiffée, toute chaussée ; il ne lui restait qu'à lacer son corset et à passer sa robe. Elle avait eu le pressentiment qu'il viendrait dans la journée et, depuis le matin, elle avait commencé sa toilette.

Elle était si heureuse de le sentir près d'elle, comme elle l'avait espéré, désiré même, qu'elle se sentait capable, elle aussi, d'embrasser le monde entier, à commencer par Georges.

Devant lui, elle dégrafa son peignoir, le laissa glisser, et apparut en léger jupon de satin rose tombant jusqu'à mi-mollet. Ainsi tentatrice et délicieuse, elle se précipita vers le jeune homme, lui prit la tête à deux mains et plaqua plusieurs baisers sur ses joues. Une seconde après elle s'était enfuie dans la pièce voisine en lui criant dans un éclat de rire :

— Cinq minutes, cinq petites minutes, et je suis à toi !

Elle avait disparu, mais Georges était resté tout troublé. Il avait senti la tiédeur de ses bras nus ; il avait revu cette délicate épaule sur laquelle, quelques mois auparavant, elle lui avait permis de déposer un baiser timide ; il avait tressailli au frôlement de cette jeune et riche poitrine et, maintenant, il fermait les yeux sur la vision trop tôt envolée.

Elle allait se montrer de nouveau, mais aucun coin de sa chair n'apparaîtrait plus. Il n'en verrait que ce que tout le monde en pouvait voir : son visage, un peu de son cou et de ses mains fines.

Et il l'entendait remuer là, tout près de lui. La porte était restée ouverte ; il n'avait qu'un pas à faire et il la reverrait, peut-être moins vêtue, conséquemment plus belle. Ses tempes battaient ; il sentait son sang affluer à fleur de peau et sourdre en lui le désir violent de se lever, de franchir le seuil de cette porte, de se jeter aux genoux de Yamine et de les embrasser.

Une terrible lutte se livrait en lui sans qu'il réussit à savoir ce qui aurait le dessus, du respect ou de l'audace. Il était debout, mais cloué au sol.

— Je suis un galant homme, se disait-il, et je ne puis faire cela... Mais, si je le faisais, qui sait si elle ne me pardonnerait pas ?... Elle sait bien que je l'aime, et serais-je arrivé à l'aimer autant si, de sa part, il n'y avait eu presque un consentement ?... Pas encore, m'a-t-elle dit un jour... Pas encore, cela veut dire : plus tard ?... Et, si plus tard c'était aujourd'hui ?...

Oh ! le Saint-Cyrien qui, pendant deux ans, allait apprendre comment on remporte des victoires, comment on prend d'assaut les places fortes, combien timide il était à cette minute où peut-être, pour être victorieux, il n'avait que deux mots à prononcer : Je t'aime ! et qu'un pas à faire pour les dire ! Et ces mots qui lui brûlaient les lèvres, il n'osait même pas les murmurer ; et ce pas, il n'osait pas le franchir !

Sans qu'il pût sans douter, Yamine le voyait par un jeu de glace. Et elle aussi était émue, elle aussi était puissamment troublée. Elle sentait que sur eux pesait un événement prévu depuis longtemps et devenu imminent ; elle avait conscience que la minute décisive allait sonner et que, si elle tenait à sa part de bonheur, il ne fallait pas la laisser fuir.

Et elle appela :

— Georges !

D'un bond il fut près d'elle et, la voix altérée :

— Qu'y a-t-il ?

Elle rit très fort, trop fort :

— Le lacet de mon corset vient de se rompre, dit-elle. Essaie donc de me le renouer.

Elle avait dû tirer fort pour le briser, car elle en restait tout empourprée. Etait-ce bien cela seulement qui la faisait rougir ?

Maladroit, parce que ses doigts tremblaient, le jeune homme tenta de rapprocher les deux bouts :

— Je ne puis pas, dit-il, tu te serres trop.

— Mais non, regarde.

— Elle pivota sur ses talons, dégrafa le devant du corset, montra qu'il y avait encore du jeu et qu'elle pourrait se faire une taille plus fine.

Georges était fou. Déjà la nuque l'avait grisé, la

nuque surmontée du casque d'or. Il avait senti monter de tout ce corps un indéfinissable parfum et maintenant, devant lui, la gorge de lait se dévoilait en partie, si blanche que, sous la peau, il voyait courir le réseau des veines bleues.

Et ce fut là, sur ce sein merveilleux, qu'une irrésistible envie le prit de coller ses lèvres, de poser sa joue, sa tête, et d'y dormir, d'y mourir !

Ce fut aussi ce qu'il n'osa faire encore sans qu'elle le lui permît, et pourquoi il lui murmurait si doucement :

— Veux-tu ?

Yamine, alors, lui passa ses deux bras autour du cou et faiblement lui répondit :

— Oui, je veux, mon Georges !... Tout de moi est à toi... prends ! Je t'aime !

Je t'aime ! je t'aime !... Chacun d'eux ne le poussa qu'une seule fois, ce cri de triomphe et d'extase, car leurs lèvres aussitôt se scellèrent. Elle dans ses bras, lui les bras refermés sur elle, ils buvaient à longs traits l'immense félicité et leurs yeux étaient si proches que leurs regards se mêlaient, fondus dans une immense tendresse.

— Oui, reprit-elle enfin, tout ce que te voudras désormais, je le voudrai... Va, il y a longtemps que j'attendais cette heure... Elle est venue, me voilà !... Sois heureux, soyons heureux, mon Georges très cher, plus cher que tout !

XII

Yamine ne regretta rien, rien..., sinon les jours et lès mois qu'elle avait dû passer dans l'attente stérile.

Georges ne la vit point, honteuse, pleurer après le sacrifice, ni diminuer par des lamentations la valeur de l'offrande. Elle ne s'efforça pas davantage de lui en vanter le prix. Tout son corps avait vibré sous l'amoureuse étreinte ; c'était à celui qui l'avait animé ainsi d'estimer son trésor.

La bouche de l'amant n'en avait rien dit non plus ; mais, quand même, sa reconnaissance s'en était largement affirmée. Leurs âmes, à tous deux, s'étaient pénétrées à une profondeur telle que chacun était incapable de savoir qui avait donné le plus, puisque l'un et l'autre s'étaient donnés tout entiers. Et ils s'étaient donnés totalement ainsi, par les liens de la chair, parce qu'en leur pouvoir il n'était pas de moyen plus violent, plus complet encore, de se fondre l'un dans l'autre. Une seule chose eût pu satisfaire le paroxysme de leur amour ; c'eût été de voir venir la mort, d'attendre ensemble, les lèvres jointes, la minute ultime où ils exhaleraient leur dernier souffle, où leurs bras enlacés se raidiraient comme des anneaux de fer impossibles à briser, ni maintenant, ni jamais.

De son abandon d'elle-même, de ce que les préjugés du monde qualifient de chute, Yamine tirait au contraire une immense fierté. Elle s'estimait bien plus que l'épousée qui apporte sa dot en se demandant si, dans le sac, elle doit mettre aussi son cœur ; ou qui, si elle l'y met, au pis-aller, se réserve le droit de le reprendre.

Oui, elle avait eu l'espoir, le désir de se marier. Rien dans sa vie, rien dans son corps, n'y pouvait mettre obstacle. Elle était belle et s'était gardée chaste ; sans compter qu'elle avait ce que toutes n'ont pas, une dot qui eût pu décider bien des hommes à l'épouser.

Et qui donc était venu la demander ? Qui donc était venu lui dire : Plus que personne, vous avez droit à la considération, au respect, à l'amour et à la maternité ! Faites-moi le don de votre vie, je serai là pour la protéger ; de vos joies et de vos tristesses, je les partagerai. Donnez-moi votre bras, appuyez-vous sur moi, nous suivrons ensemble la voie droite, la voie légale indiquée à tous comme étant le chemin du bonheur !

Qui lui avait dit cela ?... Personne... Et parce que toutes ces choses, — auxquelles ont droit toutes les femmes qui sont et veulent rester honnêtes, — lui étaient refusées, se trouvait-elle donc hors la loi pour les avoir conquises ?

Saurait-on faire un crime au prisonnier innocent de s'évader de sa prison ?... Prisonnière de la fatalité injuste, Yamine s'était affranchie. Des chaînes enserraient son corps ; elle les avaient brisées en s'écriant : Mon corps est à moi, j'en veux faire ce que bon me semble ! Son cœur était cadenassé ; elle avait tiré les verrous qui le mutilaient, en disant : Je veux que mon cœur soit libre, je veux qu'il puisse aimer !

Je veux aimer !... Je veux être aimée !... Là était maintenant toute la règle de sa vie... Ces deux mots : *Je veux !* avaient acquis à ses yeux une si grande importance qu'elle les employait d'abord, les premiers, chaque fois que Georges venait et qu'il la prenait dans ses bras.

C'était avec leur négation qu'elle lui avait imposé, naguère, l'obligation d'attendre. C'était leur affirmation qui marquait chez elle, à présent, sa soumission à toutes les volontés de l'aimé.

— Veux-tu ? lui demandait-il, au bout d'un instant de causerie.

— Je veux ! lui répondait-elle, avec des inflexions de voix si pleines de tendresse qu'aucune autre parole d'amour n'eût pu être comparée à cette courte phrase.

Quand il éloignait ses lèvres des siennes, elle lui disait : *Je veux* ton baiser ! Quand il était pour lui l'heure de partir et qu'il ne pouvait s'y résoudre, elle lui disait encore : Il faut t'en aller, *je le veux.* Et *je veux* que tu reviennes tel jour ; *je veux* que tu emportes cette fleur, afin de penser à moi qui l'ai gardée sur ma poitrine ; *je veux* tout pour toi et *je te veux !*

Souvent aussi elle lui disait :

— Je veux que tu n'oublies pas Françoise d'Embly, que tu apprennes à l'aimer autant que moi. Elle te donnera du bonheur comme je t'en donne, plus peut-être, car elle pourra l'afficher, le crier, le savourer chaque jour et à chaque heure.

Mais Georges protestait :

— Comment veux-tu que je lui fasse une part dans mon cœur, puisqu'il est tout entier rempli de toi ?

— Fais-en deux parts. Non seulement je n'en serai pas jalouse, mais ton amour me sera plus précieux encore.

— Le voudrais-je, Yamine, que je ne le pourrais pas... Aucune femme, jamais, n'a demandé à celui qu'elle aime d'aimer une autre femme.

— Notre amour ne doit point ressembler aux autres, ami, et je le veux plus fort et plus grand... Je suis égoïste, au contraire, puisque mon devoir était de te laisser aller à Françoise et que je prends de toi, tant qu'à présent, le meilleur de toi-même. Et c'est mon scrupule, c'est aussi mon secret, de lui laisser à elle la moitié de son bien... Elle attend de toi le bonheur et tu n'as pas le droit de le lui refuser... Si tu savais ce qu'on peut souffrir de n'être pas aimée.

— D'autres ne pourront-ils l'aimer, qui n'aiment pas Yamine ?

— Mais elle, c'est toi qu'elle aime, et elle n'en aimera pas d'autres !... Et vois comme chaque jour elle devient plus belle, comme son amour la transforme !... Embrasse mes cheveux, je le veux bien : dans un an, Françoise les aura plus beaux que moi ! Mes lèvres sont roses et fraîches, me dis-tu quand tes baisers les ont mordues : tu ne trouveras jamais bouche plus exquise que celle de ta fiancée !... Vois

IL S'EST ALORS JETÉ A SES GENOUX.

ses dents, ses yeux profonds, sa taille près de laquelle la mienne paraît massive, vois tout cela, mon Georges, et dis-toi que ta Yamine a raison de t'engager à aimer Françoise.

— Je ne vois que toi et je t'aime ! Après toi, il n'y a plus rien :

— Après moi, il y aura Françoise, et c'est moi qui ne serai plus rien. Va-t-en, Georges, tu ne me comprends pas encore !

XIII

Cinq ans ont passé. Dans un tel laps de temps, combien d'amours se lassent ou se transforment en haine, combien d'unions se désagrègent ! Que de duplicités, de fourberies, de mensonges, d'adultères, de vengeances et de suicides !

Pourtant, Georges et Yamine s'adorent comme au premier jour.

Lui n'est plus le Saint-Cyrien tout jeune, à peine sorti de l'adolescence, que les bras d'une femme unique, la première, la mieux aimée, retiennent captif, à l'exclusion de tous autres. C'est maintenant un superbe lieutenant de cuirassiers, qui sans doute a appris la vie et que doivent se disputer les passionnées, comme les marchandes de baisers.

Erreur !... Georges Dangé n'a qu'une parole, n'a qu'un amour. Il n'est lié à Yamine ni par l'habitude, ni par la crainte de trouver moins bien ailleurs.

Savamment, pour elle et pour lui, elle lui a dosé la passion. Elle a su tirer de la lyre divine des modulations toujours diverses, toujours étrangement harmonieuses ; elle l'a entraîné avec elle vers des octaves supérieures d'où il semble qu'il ne doive jamais redescendre.

Mais voilà que, soudain, elle le ramène à la réalité des choses ! Voilà que tous deux souffrent cruellement, à en crier, de leur amour qui doit mourir.

Depuis quelque temps, Yamine appelait Georges presque chaque jour, se montrait assoiffée de baisers, jamais lassé, comme si elle eût voulu que leur liaison se terminât brusquement, par l'anéantissement ou par la folie.

Ce soir, il est venu. Comme de coutume, il l'a enserrée dans l'étau de ses bras puissants et, prêt à l'emporter, il lui a murmuré :

— Veux-tu ?

Mais Yamine a répondu :

— Je ne veux pas..., je ne veux plus... ; je ne voudrai plus jamais ?

Alors il l'a lâchée, l'a regardée dans les yeux, l'a reprise en lui serrant les poignets et, fou de douleur et de rage, il lui a crié au visage :

— Tu as un autre amant !

Yamine a chancelé. Elle est devenue pâle, froide comme un marbre. Il s'est alors jeté à ses genoux et il pleure en lui demandant son pardon.

— Yamine ! gémit-il, dis-moi que tu as voulu m'éprouver, que cela n'est pas vrai.

Mais, doucement elle lui répond :

— Georges, il ne faut pas me brutaliser, il ne faut pas me maudire. C'est pour toi, pour toi seul que je tranche dans le vif de nos cœurs, que j'ai saccagé mon bonheur et mis le tien en deuil. Je m'étais fixé le jour où je serais à toi, ce jour-là, le monde entier n'eût pas empêché notre union... Je me suis fixé le délai après lequel il devait finir, c'en est fait !... Nous ne nous aimerons plus d'amour, Georges, il le faut pour que tu sois heureux... Moi, si j'avais dû compter dans la vie, je serais ta femme. Tu m'as donné dans ces cinq années un bonheur qui remplira la mienne, et j'aurais voulu pouvoir en échange te donner davantage, car moi-même ce n'était presque rien !... Je ne suis que ta maîtresse, mon amant bien-aimé, et la maîtresse doit céder la place à l'épouse.

— Que dis-tu ?

Mlle d'Embly a vingt ans dans un mois. Ton père, ta mère, la comtesse, Françoise surtout, attendaient que tu eusses tes galons de lieutenant... Moi aussi, je les attendais... Tu les as depuis hier et tu sais avec quelle ardeur je t'en ai témoigné ma joie... A présent, tu n'es plus à moi... Je veux que dans deux jours ait lieu le dîner de fiançailles, que dans six semaines tu sois le mari de Mlle d'Embly.

Tout à l'heure, il avait été violent ; aussitôt après il avait pleuré. Mais Yamine avait préféré sa brutalité, son odieuse accusation, à l'impassibilité morne dans laquelle il était pour l'instant. Debout, très pâle la dominant de toute sa taille, et les bras croisés, il l'écoutait et la regardait.

— Après ?... demanda-t-il.

Elle répéta le mot, inconsciemment ; sa cervelle se brouillait.

— Après ?... C'est-à-dire qu'il faut rompre, nous deux... Oh ! je serai ton amie, sois en sûr, et je serai l'amie de Françoise : je le lui ai juré. Tu ne vois donc pas quelle puissance il faut à l'affection que je vous ai vouée pour que, du jour au lendemain, je brise ainsi le lien qui nous unit ?... Je t'en ai averti souvent, au plus fort de notre passion ; je n'ai jamais cessé de te répéter : Aime celle qui doit être ta femme !

— Et s'il m'était impossible de l'aimer ?

— Cela ne se peut pas... Elle t'est sympathique, je le sais. Si je n'étais entre vous deux, tu l'aimerais à la folie, et elle en est digne... Moi, je me retire, parce qu'il le faut, parce que je t'ai donné ce qui me restait de jeunesse..., que dans un an, deux au plus, je serai vieille, et qu'il serait honteux pour toi d'avoir une vieille maîtresse !... Georges chéri, ne comprends-tu donc pas que demain j'aurai trente-cinq ans !....

— Eh ! que m'importe à moi ?... Que t'importe à toi-même ? Si les années passent tandis que nous nous aimions autant aujourd'hui qu'hier, autant demain qu'aujourd'hui, à quoi bon compter les heures qui coulent ?

— Cher ami Georges, écoute bien... Tout était contraire à notre union : mon âge par rapport au tien, mes relations avec tes parents dont nous avons trompé la confiance, mon propre souci de rester pure... Nous avons pu vivre ces cinq années dans le plus complet enchantement de nos cœurs et de nos sens ; personne n'a soupçonné jamais ce qui était entre nous ; pas un nuage n'a plané sur notre tendresse... Tu aurais pu me rendre mère et j'eusse porté fièrement dans mes flancs l'enfant né de toi... Sans hésitation, sans regret, je te le jure, j'aurais rompu en visière avec la société, j'aurais crié : Vous m'accusez d'avoir péché ! Je vous réponds, moi, que j'ai aimé et que je suis libre ! Seule, je connais le père de cet enfant, nul ne le connaîtra que moi !... Qu'on me dédaigne, qu'on me repousse, je n'en ai cure. J'ai mon fils et je le tiens de celui qui m'a assez aimée pour m'élever à la dignité de mère !

Elle le regarda et le vit plus pâle encore :

— Dieu ne l'a pas voulu, reprit-elle, et je n'aurai pas de toi le souvenir vivant de ton amour... Est-ce à dire que je souffre moins d'y renoncer ?... Peut-être ? Notre sacrifice en sera toujours moins pénible ; car, qui sait si j'eusse eu la force de te dire : Tu pourras venir embrasser ton enfant, mais les lèvres de sa mère te seront closes à jamais !

— Devront-elles donc l'être quand même ?

— Oui, tout est fini..., tout !... Va, mon Georges, il ne faut plus nous reprendre, ni aujourd'hui, ni jamais. L'irréparable est désormais entre nous et tu ne presserais dans tes bras qu'une étrangère... Il ne faut pas nous quitter sur une étreinte qui serait un mensonge... Nous nous sommes aimés hier ; tu ne pouvais rien prévoir de ce que je te dis à cette heure, et moi je n'y songeais pas... Ce matin seulement j'ai eu l'intuition qu'il était temps, et c'est pourquoi je t'ai écrit de venir ce soir.

— Et si je n'aimais jamais Françoise, si je ne trouvais pas auprès d'elle la centième partie du bonheur que j'ai reçu de toi, ne me permettrais-tu pas de revenir ?

— Georges, ne tente pas cela, jamais ! Je n'ai eu qu'un seul amour : le tien. Ma vie n'en connaîtra pas d'autre... Si tu savais combien je te suis reconnaissante de me l'avoir accordé !... Si tu savais aussi pourquoi je t'ai donné le mien, pourquoi je n'ai plus hésité, en apprenant que Françoise t'était destinée !...

— Je veux le savoir, Yamine.

— Je t'en supplie, ne m'oblige pas à te le dire...

— En des circonstances comme celle-ci, tu ne dois rien me cacher.

— Soit !... Une fois encore, j'obéis à ta volonté... Sans toi, Georges, je n'aurais jamais connu l'amour, car je voulais le connaître de toi seul ! En revanche, je voulais être la seule à te l'apprendre !... Je m'étais juré que lorsque tu irais dans les bras de Françoise, tu ne serais pas passé par d'autres que les miens...

Le jeune homme s'appuya au dossier d'un fauteuil, tant ces dernières paroles venaient de l'émouvoir.

Une telle force d'amour chez Yamine réduisait à à néant la possibilité d'une rupture.

Plutot que de la quitter, de la perdre, il était résolu à tout.

— Yaminette chérie, lui dit-il en la pressant dans ses bras, faisons cesser ce cauchemar et que cette heure douloureuse, remplie de discussions vaines, soit la seule marquée d'une pierre noire au cours de notre existence. Je n'épouserai ni Françoise ni personne ; je veux être à toi, je veux que tu sois à moi pour toujours !...

— Non, non, non ! lui cria-t-elle... Pourquoi donc veux-tu tant et si longtemps me faire souffrir ?

— Qui souffre plus que moi, en ce moment !...

— C'est vrai ! je te plains et suis autant à plaindre que toi... Mais va-t-en, Georges, va-t-en. Dis-toi que c'est fini, qu'il le faut, *que je le veux !*

— Oui, je m'en irai, gronda-t-il les dents serrées ; je m'en irai si loin que je ne reviendrai jamais.

Quand elle voulut lui demander ce qu'il entendait par ces mots, il n'était déjà plus là et, défaillante, elle se traîna à sa fenêtre, de laquelle elle avait tant de fois guetté sa venue et salué son départ.

A l'angle de la rue, il ne détourna même pas la tête et il disparut. Il n'était plus temps de le rappeler pour le presser contre sa poitrine et lui dire entre deux baisers :

— Ce n'est pas vrai ! Je t'avais menti !... Je t'aime, je t'aimerai toujours et je te veux encore !

Toute la longue et horrible nuit, Yamina exhala sa détresse et versa des pleurs.

XIV

Yamine, pauvre Yamine ! Pourquoi t'es tu donnée ?... Pourquoi as-tu voulu être femme, comme toutes les autres, toutes celles qui se marient, toutes celles qui ont besoin d'être aimées ?... Combien tu dois t'en repentir à cette heure ?...

Mais non, Yamine ne se repentait pas. Le vœu de son cœur avait été rempli. Des milliers de fois son corps avait vibré sous la caresse, et la caresse l'avait fait plus beau encore. Elle le revit devant son miroir, comme au jour où elle s'était dit qu'il n'était point fait seulement pour devenir plus tard la proie des vers. Il n'était pas une place où ne se fussent posés des baisers, pas un coin de peau qui n'eût pris contact. Les hanches étaient un peu plus fortes, le ventre plus orgueilleux, bien que resté stérile. Comme une fleur splendide, la poitrine était dans son plein épanouissement. Yamine, qui se disait vieille, synthétisait glorieusement la créature souveraine chantée par les poètes, rêvée par les peintres, taillée dans le marbre par les sculpteurs, tout le long des siècles.

Sur cette merveille, connue d'elle seule et d'un seul homme, elle referma son peignoir, comme elle eut rabattu les lourdes portes d'une prison. Elle n'alla pas jusqu'à souhaiter que sa chair fût enlaidie par la petite vérole, déformée par un accident, piétinée par un cheval ou ravagée par le feu. C'était, au contraire, le sanctuaire où reposaient les reliques de son amour ;

elle se devait à elle-même de le garder beau et riche.

Elle voulait que, désormais, son corps fut toujours enveloppé d'un voile et qu'il ne se révélât plus jamais à personne dans son harmonie complète. Elle-même se refuserait à en suivre le déclin, à en constater la déchéance amenée par les ans. Il contenait son cœur et tant que celui-ci vivrait, son bonheur ne serait pas détruit.

Elle ne voulait pas non plus que, réduit au seul souvenir, ce cœur se desséchât et devînt incapable d'aimer. Elle exigerait seulement de lui qu'il ne répondît plus à l'appel des sens et qu'il ne s'ouvrît qu'à l'amitié.

Dès neuf heures, le lendemain, elle se hâta de courir chez ses amis. Il fallait qu'elle vît Georges, dont les dernières paroles de la veille lui tintaient aux oreilles.

Dangé était sorti ; Alice était seule et dit à Yamine :

— Georges est dans sa chambre. Il est tout triste et absorbé depuis hier. Je crains qu'il ne travaille trop.

— Je vais lui dire bonjour, répartit la jeune fille.

De tout temps et à toute heure du jour, elle avait toujours pénétré librement dans la chambre de son ami sans que cela parût insolite ; ce qui n'empêchait pas son cœur de battre très fort tandis qu'elle frappait à la porte.

A sa vue, le jeune officier, frappé d'étonnement, recula d'abord, et un éclair de joie illumina son visage. De même que la surprise l'avait rejeté en arrière, l'espoir le poussa en avant, les bras tendus. Il eût juré que Yamine était revenue sur sa décision de la veille et qu'elle avait hâte de se faire pardonner.

Mais, la porte refermée, la jeune fille lui tendit simplement la main. A la froideur de son regard il jugea qu'il s'était trompé.

— J'ai à te parler, Georges, dit-elle ; veux-tu m'entendre ? Veux-tu seulement répondre à ma question ? Qu'as-tu voulu dire en me quittant hier soir ?

— Tu le sauras assez tôt, répondit-il d'une voix amère. Si cependant ton impatience est trop grande, je puis te renseigner : je vais m'en aller au Soudan.

Yamine n'eu que le temps de se raccrocher à un meuble :

— Tu ne feras pas cela, s'écria-t-elle. Je ne le veux pas, je te le défends.

— Trop tard ! Ma demande est partie.

Quand elle était entrée, Georges était en train d'écrire et une lettre toute cachetée était sur son bureauu. Yamine se précipita et la saisit :

— Dieu soit loué ! Ta demande est là.

— Sais-tu si ce que tu tiens n'est pas autre chose ?

— Alors, permets-moi de l'ouvrir.

— Non.

— Eh bien ! je la garde. Je te jure de respecter le secret de cette lettre... Mais, tu ne saurais m'abuser : je suis sûre que c'est ta demande qui est entre mes mains.

— Et quand cela serait ? Qui m'empêchera de la refaire ?

Elle marcha vers lui, lui prit les poignets, le regarda dans les yeux :

— Tu ne veux pas renoncer à ce projet insensé ? lui demanda-t-elle.

— Ai-je donc été le premier à dire : je ne veux pas ?... Tu as ta volonté, Yamine, moi j'ai la mienne. Il y a deux jours encore elles n'en faisaient qu'une. N'as-tu pas décidé qu'il fallait nous séparer pour toujours ? En cela, je t'obéis encore.

— Tu vas désespérer tes parents, Françoise, moi...

— Tu resteras pour les plaindre et pour les consoler...

Dans sa détresse elle se tordait les mains, se demandait avec anxiété ce qu'il convenait de faire : aller jusqu'au bout de son devoir, ou se laisser reprendre pour l'empêcher de partir ?

Elle voyait en lui une résolution si farouche que, de prime abord, la seconde solution paraissait seule avoir chance d'aboutir. Elle s'arrêta cependant à la première, bien résolue qu'elle était à aller jusqu'au bout du martyre, si à ce prix elle achetait la victoire.

— Je ne te fais pas un crime de ton acte, reprit-elle avec douceur, car il est pour moi une nouvelle preuve de la sincérité de ton amour. Je ne te dirai pas non plus ce qu'il m'en a coûté de te parler ainsi hier, ce que j'en ai souffert et ce que je dois en souffrir encore. Mais ceci est affaire à moi ! Plus tard tu me béniras d'avoir agi ainsi, bien qu'aujourd'hui tu ne veuilles pas me comprendre... J'ai pris le chemin du devoir et je t'ai indiqué le tien : ne regardons plus en arrière... Ton devoir, à toi, est d'épouser Françoise d'Embly.

— Est-ce là tout ce que tu avais à me dire ?

— Oui, c'est tout...

— Alors, rends-moi ma lettre... Le sort en est jeté !

— Georges, fit-elle d'une voix brisée, chasse-moi ! tu peux le faire, je suis chez toi. Je suis aussi chez ta mère, qui tout à l'heure me chassera à son tour... Si fière jusqu'à présent de t'avoir aimé je m'en irai, avec au front la honte que tu y auras mise.

Qu'elle était pâle, la pauvre Yamine, si pâle qu'il en fut ému malgré lui.

— Que veux-tu dire ? s'écria-t-il.

— Je vais aller remettre cette lettre à ta mère... Suis-moi : il faudra que tu lui dises toi-même pourquoi tu veux partir... Si, devant ses larmes et son désespoir, le courage te manque, je serai là pour t'aider... Je lui avouerai que depuis cinq ans je suis ta maîtresse, que j'ai profité de son hospitalité pour trahir son amitié, ruiner les projets qu'elle formait pour toi, briser ton avenir et m'attacher à toi comme un boulet que tu devras traîner pour ta honte. Elle me maudira, elle me chassera, tu peux en être certain, et je n'essaierai même pas de la fléchir, d'implorer son pardon, ni pour toi ni pour moi... Quels arguments emploierais-je pour me disculper, moi qui t'ai choisi moi-même, moi qui t'ai fait mon amant ?... Je n'aurai qu'à courber la tête et à sortir, à m'en aller pour toujours de cette maison où je suis traitée comme une sœur !... Après cela, Georges, tu pourras revenir chez moi si tu t'en sens la force,... tu y retrouveras une maîtresse, une esclave passive dont le cœur sera mort !

Sa douleur était si poignante que le jeune homme la sentit se répercuter jusqu'au fond de son être :

— Assez, Yamine, assez ! s'écria-t-il... Viens dans mes bras, toi qui vaut cent fois mieux que moi. Donne-moi tes lèvres une dernière fois, pour que j'y puise le courage de renoncer à toi et d'en aimer une autre... Je te jure qu'après je ferai ce que tu voudras !

— Oh ! merci, merci, dit-elle à travers ses larmes. Je suis aussi heureuse que le jour où je me suis donnée à toi, et toi tu me donnes davantage, puisque je n'ai fait aucun effort pour t'aimer et qu'il t'en faut faire un si grand pour te séparer de moi.

— Mais pourquoi nous séparer de si tôt ? objecta-t-il. Nous avons du temps encore devant nous...

— Non, chéri Georges, ne dis pas cela... Nous allons demander ensemble à ta mère que dans huit jours aient lieu tes fiançailles officielles et, dans six semaines au plus, nous célébrerons ton mariage... Ce n'est pas trop pour te déshabituer de moi... Et puis, vois-tu, le plus fort est fait. Tu ignorais, toi, quand mourrait notre amour et quand l'échéance en viendrait : c'est pour cela qu'elle t'est si pénible... Mais moi, je l'avais préparée ; je la voyais venir, il est vrai, avec terreur, avec angoisse ; cependant je m'étais aguerrie et c'est pourquoi j'ai été inflexible. Maintenant que c'est fini, ne recommençons plus... C'est brisé, n'essayons pas de raccommoder ce qu'il faudrait briser de nouveau, en souffrant davantage...

Elle fut sur le point d'éclater en sanglots. Si elle voulait ne pas faiblir, il ne fallait pas qu'elle demeurât là, sur la poitrine de son amant, une minute de plus.

Elle s'évada de ses bras sans trop de brusquerie et ouvrit la porte toute grande.

— A propos, dit-elle, que vais-je faire de ta lettre?

— Ouvre-la et lis. Tu verras que j'étais bien décidé...

— Ai-je donc jamais douté de ta parole ?... Mais, réflexion faite, je la garde. Elle restera toujours ainsi fermée et, chaque fois que je la verrai, je me souviendrai... A présent, viens vers ta mère.

Il la suivit docilement, à travers les corridors déserts, sans pouvoir se défendre d'attacher ses regards sur cette nuque adorable, interdite désormais à ses baisers brûlants; sur cette splendide chevelure d'or que, tant de fois, il avait déployée comme un manteau royal sur les épaules de l'aimée, et dans laquelle il ne plongerait plus désormais son visage et ses mains.

Brusquement, il saisit par derrière les bras de Yamine, arrêtant celle-ci dans sa course, et longuement il posa ses lèvres sur le cou, à la naissance des cheveux.

— Là, c'est le dernier baiser, dit-il, puisque tu veux qu'il en soit ainsi.

Alice pouvait ouvrir une porte et surgir tout à coup. Il y avait danger donc pour les jeunes gens à se livrer à une effusion dernière. Et pourtant Yamine émue de la caresse qui venait de se promener sur sa nuque, se retourna bravement et répondit à mi-voix :

— Je veux te donner mieux, mon Georges... Voici mes lèvres encore une fois : prends-les et dis adieu à notre bonheur... Celui qui t'attend vaudra mieux pour toi.

Leur baiser fut ardent ; du moins voulurent-ils le rendre tel. Toutefois il fut court, car entre eux déjà, il y avait la sensation d'une chose qui n'était plus et qui ne pouvait plus renaître.

Et tous deux, spontanément, prononcèrent le même mot :

— Adieu !...

XV

Six mois plus tard, en septembre, à Val-Suzon, Georges et Françoise sont de retour de leur voyage de noces. Ils sont si joyeux, si heureux, si amoureux surtout, qu'on ne les voit presque jamais, tant ils s'appliquent à cacher leur bonheur dans tous les coins.

Yamine est assise au bord du Suzon, dans le fond du jardin, sur un de ces bancs rustiques où il lui plaît tant de venir s'isoler. Elle rêve...

A quoi ? A-t-elle des regrets ?... A-t-elle des remords ?... Les premiers la hantent peut-être, mais non point les seconds. Elle a cru qu'elle oublierait assez vite ; mais en cela elle s'est effroyablement trompée. C'est long, très long. Elle en souffre. Elle songe qu'elle en souffrira longtemps encore. Mais Georges est guéri. Le remède était là, tout prêt : cette petite Françoise qu'il aime à la folie et qui le paye de retour. Pour elle, Yamine, il n'y aura jamais de remède, jamais !

Elle se retourne brusquement. Quelqu'un est près d'elle, qui l'a surprise dans sa rêverie... Dieu ! heureusement qu'elle n'a pas pleuré !... Car cela lui arrive parfois, quand elle est seule et que ses souvenirs la bouleversent.

Elle va pour se lever :

— Oh ! restez, je vous en prie, Mademoiselle, lui dit le nouveau venu en adoucissant sa voix. Excusez-moi de troubler votre solitude et permettez-moi seulement de prendre place auprès de vous quelques instants, de causer un peu avec vous, si vous le voulez bien.

Vaguement inquiète et s'efforçant pourtant de paraître gracieuse, elle accède à son désir et se recule pour lui faire place.

Qu'est-ce donc qui peut motiver son inquiétude, puisque celui qui la provoque a l'air aussi timide, aussi embarrassé qu'elle-même ?

Il n'a rien d'effrayant, certes, cet homme d'allure distinguée, au teint légèrement halé. Il revient d'une promenade à cheval et, du bout de son stick, il frappe la tige de sa botte. En dépit de son costume civil, il est aisé de reconnaître qu'il appartient à l'armée.

C'est, en effet, le capitaine Jean Ardis, le chef de

Georges et son ami. Au mariage de celui-ci, Yamine l'a eu pour cavalier et, non seulement ils ne sont pas des inconnus l'un pour l'autre, mais il existe entre eux une sympathie instinctive.

Lui n'est pas d'ailleurs le premier venu parmi les capitaines de l'armée française : c'est aussi et surtout un brave, on pourrait dire un héros. Il n'est guère de chaumières où son nom n'ait été prononcé, et on le connaît mieux encore au centre de l'Afrique et dans les cases des nègres du Soudan.

Il est revenu de là-bas juste à point pour assister au mariage du lieutenant Dangé, rapportant avec lui beaucoup de gloire dont il ne songe guère à se vanter. A le voir si timide auprès de la jeune femme, on ne se douterait pas qu'il s'est battu comme un lion et qu'il a rusé comme un diplomate avec les rois du pays noir, chose plus difficile souvent qu'avec ceux de notre Europe.

Plus épineuse encore lui semble ce matin la négociation qu'il vient tenter auprès de Yamine, et c'est pourquoi il ne sait par où l'entamer.

— Mademoiselle, dit-il, se décidant enfin, depuis plusieurs jours, j'ai le désir de m'entretenir avec vous en tête-à-tête. Ne vous préoccupez pas trop de la façon dont je le ferai, mais surtout du mobile qui me guide. Voulez-vous me promettre de m'écouter ?

Ces derniers mots étaient provoqués par la pâleur subite de Yamine et la crainte où il était, dès le début, de la voir se lever pour partir.

— Cela dépend de ce que vous me direz, Monsieur,

répondit-elle avec un trouble évident et après un violent effort sur elle-même.

— Mon intention, reprit-il, était de passer deux ou trois ans en France et de retourner dans la brousse, cela parce que rien ne me rattachait ici. Ma fortune est trop modeste pour me permettre d'épouser une femme riche et, parmi les autres, aucune ne saurait s'éprendre de moi, pour la raison que je n'en vaux pas la peine.

Yamine eut la velléité de lui répondre :

— Ne soyez donc pas si modeste, ou tout au moins ne vous calomniez pas. Il est des milliers de femmes qui, sans même vous connaître personnellement, seraient fières de porter votre nom ; et celles qui vous ont approché se battraient pour vous épouser.

Si en sa présence, on eût parlé du capitaine Ardis, peut-être eût-elle manifesté son opinion dans ce sens. Mais il eût été plus qu'imprudent de le lui dire à lui-même en cette circonstance. Elle le comprit et se tut.

Pourtant, il avait attendu une réponse, si vague qu'elle fût. Comme elle ne venait pas, il poursuivit :

— Je n'entrevoyais donc pas la possibilité de me marier un jour et, je dois vous l'avouer, j'en avais pris franchement mon parti. Mon horizon se limitait à mon avenir militaire et j'échelonnais dans mon esprit les années correspondant à un nouveau grade : chef d'escadrons le mois prochain, à trente-six ans; lieutenant-colonel à quarante ou quarante-deux ; colonel vers la cinquantaine. D'ordinaire, je n'allais pas plus loin, où, si cela m'arrivait, je me rendais très bien compte que c'était là un mirage comme j'en ai vu tant au désert. J'entremêlais cette gradation rationnelle d'échappées vers l'Afrique, sans me dissimuler la possibilité d'une brusque solution de mes chimères par la lance d'un nègre ou quelque fièvre pernicieuse. Ceci écarté, j'avais la perspective d'aller me terrer avec ma retraite dans quelque trou de province, en compagnie des vieux messieurs décorés qui s'embusquent pour saluer le drapeau au passage...

Ces choses étaient dites avec un naturel si plein de charme qu'elles étaient pour Yamine une source de vive et douce émotion.

—S'il m'était permis, à moi, interrompit-elle, de pronostiquer votre avenir, j'irais beaucoup plus loin que l'aigrette de colonel. Je vous verrais, avec les plumes blanches, en tête de votre corps d'armée et aussi, une fois rentré chez vous......

Elle s'arrêta tout net, devinant qu'elle allait précisément provoquer la réponse qu'elle voulait éviter.

Son interlocuteur, au contraire, tira fort bon augure de ce brusque silence. Le sens des paroles qu'elle avait retenues au bord de ses lèvres ne lui échappait point et ce lui fut un encouragement pour demander ;

— Pourquoi n'achevez-vous pas ?...

— Parce que cela ne me regarde pas, répartit-elle d'un ton un peu sec.

Mais il entrait dans le tempérament du capitaine

d'être stimulé par la difficulté qui surgissait. Il lui semblait avoir acquis déjà un lambeau de terrain qu'il se refusait à perdre et, sans se laisser démonter, il riposta :

— J'aurais beaucoup tenu, au contraire, à connaître votre opinion et à vous entendre formuler ce que vous n'avez pas voulu dire. Cela vous intéresse autant que moi, j'en suis sûr et, pour vous convaincre que nous sommes tout prêt d'être d'accord, je vais compléter moi-même votre pensée... Me direz-vous si j'ai deviné juste ?

— Non, ne dites rien !... s'écria-t-elle vivement.

Mais il n'eut garde de tenir compte de sa protestation. Il se rapprocha un peu de Yamine et baissa la voix, bien que personne ne fût aux alentours. C'est qu'il avait à se débarrasser d'un secret qui était encore à lui seul, alors qu'il le voulait savoir à eux deux. Le moment lui en semblait propice, puisqu'il n'avait qu'à achever la phrase interrompue.

Il reprit donc :

— Une fois rentré chez vous, — vouliez-vous dire, — vous retrouverez là une famille, c'est-à-dire une femme aimée qui vous aura fait perdre à tout jamais le goût de la brousse ; de robustes garçons qui seront des soldats plus tard et de belles filles qui se marieront à d'autres soldats...

Il s'arrêta pour lui donner le temps de confirmer son dire ; mais, comme elle ne répondait pas et que, la tête penchée, elle ne le regardait même pas, il se résolut à livrer l'assaut.

« VOUS, QUE JE SUPPLIE D'ÊTRE MA FEMME...! »

— Eh bien ! dit-il, j'avoue que, jusqu'à mon retour, je n'avais jamais songé que cela pût être. Pour que cette pensée germât dans mon cerveau, il a fallu que Georges se mariât lui-même et que j'eusse le bonheur d'avoir pour compagne la créature délicieuse que vous êtes, vous, Yamine, vous que j'aime depuis lors de tout mon cœur et que je supplie d'être ma femme !...

Sa voix tremblait en prononçant ces paroles et sa gorge était plus sèche qu'aux soirs où il se traînait dans le désert, après deux jours passés sans rencontrer une goutte d'eau.

Dans un élan de tendresse respectueuse, il saisit la main de Yamine et la sentit inerte entre ses doigts. Alors, il se leva d'un bond, se pencha vers la bien-aimée et étouffa un cri.

La pauvre Yamine était évanouie. Elle n'avait entendu que le commencement de ce qu'il avait dit, encore était-ce comme à travers un voile ; mais elle avait deviné tout le reste et le coup avait été si rude qu'elle avait souhaité mourir.

L'idée vint au malheureux de dégrafer le corsage ; mais il songea que ce serait un sacrilège et que sa pudeur à elle en resterait blessée pour toujours. Il eût aussi l'envie de la prendre dans ses bras et de l'emporter bien loin, n'importe où, comme un trésor dont il saurait bien se rendre maître.

Angoissé, oubliant qu'il pouvait appeler Mme Dangé ou Françoise, il remplit d'eau le creux de ses mains, en baigna les tempes et le visage de Yamine. Et son bonheur fut immense quand il la vit enfin revenir à elle et le regarder sans colère.

Au bout d'un instant, celle-ci sentit des sanglots monter tout au bord de ses lèvres. Mais elle eut la force de les comprimer pour murmurer d'une voix très faible.

— Mon pauvre ami, il vous faut renoncer à votre rêve. Ne m'en veuillez pas, car, j'en prends Dieu à témoin, j'aurai voulu qu'il en pût être ainsi... Je suis fière, je suis heureuse que vous ayez songé à me choisir... mais, ni aujourd'hui, ni jamais, je ne pourrai accepter d'être votre femme...

— Pardonnez-moi, dit-il la tête baissée. J'ai été trop brusque et j'ai mal plaidé ma cause... Mais, maintenant que vous savez, laissez-moi vous mériter mieux... Que faudra-t-il faire pour que vous reveniez sur ce mot : jamais ?

— Hélas !... Vous avez fait cent fois plus qu'il ne faut pour qu'une femme vous aime !... Si je ne puis être celle-là, ce n'est pas de votre faute, ni peut-être de la mienne... Il est terrible même qu'il en soit ainsi !... Mais je vous tiens pour si digne, j'éprouve tant d'orgueil de ce que vous venez de faire que, ne pouvant mettre ma main dans la vôtre, je vous fais le serment de ne jamais la mettre dans celle de qui que ce soit... Puisse cela être pour vous de quelque consolation !

Elle se leva en chancelant et lui, avec une profonde douleur, la regarda lentement s'éloigner.

— Moi non plus, soupira-t-il, je n'en aimerai jamais une autre !

XVI

Oh ! les lourdes, les amères larmes versées par Yamine dans la nuit qui suivit !

Georges ! Jean !... A présent se mêlaient leurs deux noms, également chers et doux à prononcer, puisque tous deux l'avaient aimée,... et cruels à rapprocher, puisqu'elle n'avait plus l'un, n'était plus digne de l'autre ! Quelle torture pour son âme, de songer qu'au temps où elle était libre, pure, où elle avait soif de baisers et le droit d'être épouse, personne n'avait voulu d'elle !

Alors pourtant ses prétentions étaient modestes ; il lui eût suffi que l'homme fût honnête et bon... Et celui qui aujourd'hui, trop tard, lui disait : « Soyez ma femme ! » celui-là n'était pas seulement un homme beau et fort, plein de tendresse et exempt d'orgueil, généreux et noble de cœur, il était aussi le vaillant dont les petits enfants de France balbutiaient le nom à l'école, le pionnier qui avait promené le drapeau de son pays en des déserts inconnus des blancs et ajouté une page glorieuse à l'histoire de la patrie.

Que lui eut-elle apporté en échange ?... Etait-ce son amour ?... Ce matin encore elle remuait les cendres de l'amour d'hier !... Etait-ce son corps pollué dans une passion irrégulière ?... Ah ! si elle eût été veuve et qu'il la voulût quand même,... peut-être? Mais non, on n'offre pas à un tel homme ce qui fut à un autre et sans doute que, dans ce cas, lui-même n'eût point songé à elle.

Oh! ces flancs qu'elle pressait, qu'elle meurtrissait dans ses mains fiévreuses! Etait-ce donc cela seulement qui faisait la dignité de la femme?... Et le cœur, le dévouement de chaque minute, l'adoration sans trêve, ne comptent-ils pour rien dès que le corps n'est plus vierge?

Elle était à deux doigts de maudire Georges, son Georges qu'elle avait choisi, elle, alors que personne ne venait lui dire : Je t'aimerai!..., lui qui l'avait faite femme, à qui elle avait donné jusqu'à la plus infime parcelle d'elle-même.

Et ce qui pour elle était plus atroce encore, c'était de ne pouvoir dire ni à l'un ni à l'autre :

— Jean, je ne puis être votre femme parce que j'ai été la maîtresse de Georges!... Et toi, Georges, le bonheur que je t'ai demandé et que tu m'as si largement donné me rend indigne d'être la femme de Jean!

Ç'avait été pour elle une injustice du sort qu'elle dût rester vierge et, pour rétablir la justice qui lui était due, elle avait bravé les lois humaines. Maintenant, il lui fallait être doublement injuste : envers son amant, en l'accusant d'avoir brisé sa vie ; envers celui qu'elle eût aimé à l'égal d'un dieu et qu'elle repoussait brutalement, sans pouvoir lui en donner la raison.

Elle se révoltait contre la pensée que ce pût être là un châtiment. Si elle était coupable, sa destinée, qui avait voulu la priver d'amour n'était-elle pas coupable avant elle ?

Elle ne s'endormit qu'au matin et quand elle se leva, assez tard, une nouvelle l'attendait qui lui poigna le cœur : le capitaine Ardis était parti !

Il avait reçu plusieurs lettres et prétexté que l'une *d'elles le* rappelait sur le champ. On avait attelé en hâte et Georges l'avait reconduit à Dijon.

— Excusez-moi auprès de Mlle Yamine de ne lui point faire mes adieux, avait-il dit en montant en voiture.

Il n'avait donné à personne de détails sur les circonstances qui l'obligeaient si brusquement à regagner Paris et personne ne lui en avait demandé. Chacun, d'ailleurs, supposait que c'était là une question de service et Yamine fut seule à en connaître les vrais motifs.

Elle avait le cœur gros, en dépit des efforts qu'elle faisait pour paraître gaie et souvent, au milieu d'un éclat de rire contraint, des larmes vite refoulées mouillaient ses paupières.

Elle avait une peur horrible qu'en tête-à-tête avec son ami, le capitaine lui avouât le motif réel de son départ. De plus, une autre pensée l'obsédait : si elle avait pû, lors de sa rupture avec Georges, l'empêcher de partir pour le Soudan, elle ne pourrait rien faire pour empêcher Jean d'y retourner au plus tôt... En même temps elle se souvenait qu'il lui avait parlé des sagaies des nègres et des fièvres dont on meurt.

Si cela devait arriver jamais, n'aurait-elle pas à en supporter le remords ?

De quel côté qu'elle se tournât à présent, elle se trouvait enfermée dans un cercle sans issue. Si, en effet, pour sauver la vie du capitaine, le forcer à rester en France, elle se décidait à le rappeler en lui disant : Attendez, espérez....., Georges ne se dresserait-il pas entre elle et son ami pour avertir ce dernier, comme ce serait son devoir ? Ne dirait-il pas à Jean Ardis :

— J'aime beaucoup Yamine, mais j'ai pour toi une affection profonde et sincère et, la main sur la conscience, je ne puis te laisser l'épouser.

Et qui sait si, pressé de questions, obligé de parler, il ne finirait pas par avouer : Pendant cinq ans elle a été ma maîtresse !

Yamine avait voulu sacrifier à l'amour : il lui était désormais fermé en-deçà, fermé au-delà. Entre le passé qui n'existait plus et l'avenir qui ne pouvait être, elle demeurait broyée.

Elle se rasséréna pourtant un peu, quand Georges fut de retour, en lisant sur son visage que le capitaine Ardis avait emporté avec lui son secret et sa peine.

Après déjeuner, Françoise s'avisa que Yamine était toute pâle et lui demanda en l'embrassant avec effusion :

— Qu'as-tu, ma grande ? Serais-tu souffrante ?

Yamine avait reporté sur la jeune femme toute l'affection qu'elle ne pouvait plus prodiguer à Georges et toutes deux s'aimaient mieux que des sœurs. Leur union était basée, chez l'une sur le souvenir de son sacrifice, chez l'autre sur la sensation que Yamine souffrirait d'être séparée du jeune couple, dont le bonheur se doublait encore de cette amitié si précieuse.

— Moi, ce que j'ai ? répondit Yamine,... je n'en sais rien. Peut-être un peu besoin de me détendre les nerfs.

— Cela tombe à merveille, car j'ai, moi aussi, une folle envie de courir à travers la prairie, de m'étendre sur un tas de regain qui embaume... L'odeur qui se dégage de cette herbe coupée me grise comme si je buvais plusieurs coupes de champagne ! Votre bras, s'il vous plaît, monsieur mon mari, et allons jouer aux prés, comme des écoliers en vacances...

Sitôt franchie la porte qui ouvrait sur la prairie, Françoise se mit à bondir comme un jeune faon, se faisant poursuivre par son mari et s'amusant comme une gamine.

D'un pas indolent, Yamine les avait suivis et les contemplait. Etaient-ils assez beaux, et si bien faits l'un pour l'autre ? Lui, grand et fort, elle, souple et fine, et sachant si bien s'arranger, malgré leur différence de taille, pour que leurs lèvres se trouvâssent sans cesse à la même hauteur.

Georges, pourtant, l'avait préférée, elle, à cette douce créature qu'il adorait à présent, après avoir nié qu'il pût l'aimer. D'un mot qui révélât le passé, elle pouvait séparer ces deux vies, faire de Françoise l'être désespéré qu'elle était elle-même, briser ce bonheur qu'elle tenait entre ses mains.

Au contraire, le spectacle lui en était délicieux

parce qu'il était fait de sa propre souffrance. A la chaleur de leur affection, en marge de leur nid, elle pouvait vivre encore sans trop de regrets et de larmes.

Elle y songeait quand Françoise, revenue vers elle par un brusque crochet, s'arrêta soudain et porta ses deux mains à son ventre. Et, toujours naïve, elle demanda tout haut à son amie :

— Qu'ai-je là ? J'ai cru sentir comme un tressaillment, quelque chose qui remuait...

Le visage de Yamine se contracta, mais elle força ses lèvres à sourire :

— Que dites-vous, ma chérie ?... Serait-ce vrai ?... Comme Georges va être heureux, et nous tous !... Enfin, je serai marraine...

— Je ne comprends pas.....

— Petite niaise !... Vous êtes enceinte, vous allez être mère...

— Moi ?... moi ?... Viens vite, Georges...

Celui-ci était accouru ; mais Yamine les mit au bras l'un de l'autre en leur disant :

— Allez-vous conter cela plus loin : ce sont des confidences qui ne demandent pas de témoins et je troublerais votre joie. Vous me retrouverez ici.

Elle s'assit sur l'herbe, tout au bord de l'eau, les pieds pendant dans le lit du ruisseau, tandis que les jeunes gens s'éloignaient, se causant tous bas les yeux dans les yeux. Elle les suivit du regard tant qu'elle put les apercevoir et, quand ils furent parvenus à la lisière du bois, ils se retournèrent, lui firent

L'EAU COULAIT A SES PIEDS.

signe de la main et, serrés l'un contre l'autre, s'enfoncèrent dans une allée ombreuse.

Dès qu'ils eurent disparu, un immense découragement la prit. Elle calcula que, sur les trente-six années de son existence, cinq seulement avaient été heureuses, et que l'avenir se présentait très noir. L'ardente passion de Georges, dont elle-même avait marqué le terme, l'amour loyal et si plein de tendresse de Jean Ardis, la touchante amitié de Françoise, la profonde affection d'Alice et de son mari, et celle aussi de la comtesse d'Embly, n'était-ce pas là, cependant, un lot qu'eussent envié beaucoup de personnes ?

Mais en était-elle moins isolée ? Pouvait-elle se dire : j'appartiens à quelqu'un qui est la moitié de moi-même, qui est tout pour moi et pour qui je suis plus que tout ?... Moi, lui, disparus, de nous il restera quelque chose, des enfants nés de notre union intime et qui diront de nous, avec respect, avec tendresse : C'était mon père ! c'était ma mère !

Pour elle, rien de tout cela, rien que la solitude douloureuse, le regret de ce qui n'est plus, la vieillesse qui viendrait sans consolations, sans appui. Car Yamine ne songeait point au repentir.

Elle avait naguère épuisé les joies de l'amour, oui certes : à ce seul souvenir, tout son être tressaillait encore !... Mais à quoi sert l'amour, sans la maternité qui le décuple et qui le perpétue ?... Là encore, elle avait été victime, puisque cinq ans de passion violente l'avaient laissée stérile, alors qu'après cinq mois Françoise pouvait proclamer sa fécondité triomphante.

Contre tout le reste, elle eût pu lutter encore, enfermer son cœur dans un vaisseau d'airain, se contenter des rayons qui lui viendraient du bonheur des autres... Mais son âme s'emplissait de désespérance en ce moment où elle songeait que la nature, marâtre jusqu'au bout, l'avait jugée indigne d'être mère !

Yamine revécut ainsi une longue, très longue théorie de peines, de soucis et d'angoisses. Quand le courage de vivre vous abandonne, c'est là que remontent, accablants, les souvenirs amers, les luttes désespérantes, les tortures que l'âme a subies. Tout se précipite, s'enchevêtre d'abord, puis se coordonne pour aboutir à une conclusion fatale : mieux vaut la fin que tout cela.

Souvent, ne jugeant que d'après la superficie des choses, on blâme ceux qui se suicident, ceux qui *s'évadent*. Leur existence paraît calme, normale : on trouve que beaucoup d'autres ont plus qu'eux à souffrir, et qu'ils restent, et qu'ils vivent leur vie triste et lasse, malgré tout et quand même.

C'est parfait qu'on n'absolve pas ceux qu'un entraînement physique, un coup de tête ou un manque total d'énergie conduisent à l'impasse, indépendamment, — et nous n'en parlons pas, — de ceux qu'une tare subite, une action mauvaise, acculent à la destruction.

Quel que soit le cas qui se présente, si dure que soit la vie, si lourd que soit le chagrin, on ne saurait faire l'apologie du suicide, pas plus que l'apologie du crime. Mais où il n'existe aucune place pour l'encouragement, il peut y avoir place pour l'excuse et quiconque remonte aux années lointaines de son enfance et ne trouve, tout au long de ses jours, que désillusions et rancœurs, celui-là ne vaut pas d'être condamné, mais d'être plaint.

Et en quelques minutes, Yamine put les revivre, ses jours d'enfance où elle avait souffert, ses jours de jeunesse où les seuls bonheurs que la vie peut donner : la famille et la maternité, lui avaient été refusés. Le rayon de soleil apporté par quelques années de joie s'était éteint et jamais plus ce rayon ne pourrait briller à nouveau. Ne venait-il pas, au contraire, de projeter des ténèbres, de jeter le désespoir dans un cœur loyal et franc, de désespérer un homme qui, lui aussi, s'en irait chercher la mort au loin, la mort libératrice ?

L'eau coulait aux pieds de Yamine, avec des sillons noirs produits par l'ombre des arbres. Au fond d'elle-même se mouvaient des reflets plus sombres encore. Elle se souvint de la circonstance dans laquelle Georges et Yamine s'étaient connus, et aussi de ce que le premier lui avait écrit un jour : « Si jamais il te prenait la fantaisie de rouler dans le Suzon, je serais là pour empêcher que tu te noies ».

Pourquoi ces paroles, écrites par manière de badinage, lui revenaient-elles aujourd'hui à la mémoire?... Georges n'était pas bien loin, c'est vrai ; mais si elle se laissait choir au milieu des herbes et s'y ensevelissait toute, Georges aurait beau courir : il arriverait trop tard !

On sait combien l'eau qui coule est fascinatrice, surtout quand déjà le cœur baigne dans des larmes.

Le fond du cours d'eau disparaissait sous un lit

d'herbes longues, flexibles, qui oscillaient, se révélant enveloppantes et molles. Yamine se pencha vers elles en songeant à ses propres cheveux dénoués quand son amant les lui épandait sur les épaules, les lissait, les soulevait et y plongeait ses doigts. De même elle voulut plonger sa main dans les herbes et se pencha un peu plus. Il lui sembla qu'en les écartant un peu elle pourrait se faire là comme un lit où elle s'endormirait pour toujours. Une grosse racine était tout près, qu'elle saisirait de la main et qui lui servirait de point d'appui pour s'étendre et se maintenir sous le courant... Elle demanderait pardon à Dieu, prononcerait deux noms : Georges, Jean !... Puis, un hoquet,... et puis, plus rien !...

De l'orée du bois, Georges Dangé et sa femme lui lancèrent un appel. Elle se baissa encore, encore, et sa main crispée saisit la racine...

De ses lèvres s'échappèrent les deux noms très chers, auxquels elle joignit celui de Françoise. Il y eut dans l'eau un remous léger, un cercle qui grandit, se multiplia et s'évanouit... Et les longues herbes molles se refermèrent sur Yamine, l'ensevelissant comme d'un linceuil aussi souple, aussi doux que sa belle chevelure d'or...

Elle avait été aimée, quand même !... jusqu'à en mourir !...

Courbevoie. — Imp. E. BERNARD, 14, rue de la Station.

Courbevoie. — Imprimerie E. Bernard.

www.ingramcontent.com/pod-product-compliance
Ingram Content Group UK Ltd.
Pitfield, Milton Keynes, MK11 3LW, UK
UKHW021535260726
13993UKWH00002B/509

9 782019 959425